# 세계문학사 연구총서 총색인

조동일

지식산업사

# 세계문학사 연구총서 총색인

초판 1쇄 인쇄  2002년 11월 5일
초판 1쇄 발행  2002년 11월 9일

지은이 | 조동일
펴낸이 | 김경희
펴낸곳 | (주)지식산업사
　　　　 서울시 종로구 통의동 35-18
　　　　 전화 (02)734-1978(대)  팩스 (02) 720-7900
　　　　 홈페이지  www.jisik.co.kr
　　　　 e-mail　　jsp@jisik.co.kr
　　　　　　　　　jisikco@chollian.net
　　　　 등록번호  1-363
　　　　 등록날짜  1969. 5. 8

**책값  3,000원**

이 책을 읽고 지은이에게 문의하고자 하는 이는
지식산업사 e-mail로 연락 바랍니다.

# 차 례

■ **일러두기** / 4

■ **1 어디서** : 지역, 국가, 민족, 문명, 종교, 언어, 문자, 문체 / 7

■ **2 무엇을** : 문학의 시대, 영역, 갈래, 사조, 사상 / 25

■ **3 누구가** : 작가, 전달자, 인물, 문학담당층 / 40

■ **4 어떻게** : 작품, 인간형, 등장인물, 문헌, 자료 / 72

■ **부록 – 각권 차례** / 113

　　　　세계문학사의 허실

　　　　카타르시스 · 라사 · 신명풀이

　　　　동아시아 구비서사시의 양상과 변천

　　　　하나이면서 여럿인 동아시아문학

　　　　공동문어문학과 민족어문학

　　　　문명권의 동질성과 이질성

　　　　철학사와 문학사 둘인가 하나인가

　　　　소설의 사회사 비교론 1, 2, 3

　　　　세계문학사의 전개

# 일 러 두 기

## ■ 대상

세계문학사를 연구를 위한 일련의 작업을 진행한 다음 저술을 대상으로 색인을
작성하고, 앞에 적은 약호로 지칭한다.

**세**　《세계문학사의 허실》(지식산업사, 1996)
**카**　《카타르시스·라사·신명풀이》(지식산업사, 1997)
**동**　《동아시아 구비서사시의 양상과 변천》(문학과지성사, 1997)
**하**　《하나이면서 여럿인 동아시아문학》(지식산업사, 1999)
**공**　《공동문어문학과 민족어문학》(지식산업사, 1999)
**문**　《문명권의 동질성과 이질성》(지식산업사, 1999)
**철**　《철학사와 문학사 둘인가 하나인가》(지식산업사, 2000)
**소(1)**《소설의 사회사 비교론》1 (지식산업사, 2001)
**소(2)**《소설의 사회사 비교론》2 (지식산업사, 2001)
**소(3)**《소설의 사회사 비교론》3 (지식산업사, 2001)
**전**　《세계문학사의 전개》(지식산업사, 2002)

각 책 본문에서 다룬 사항의 색인만 작성하고, 각주와 부록은 고려하지 않는다.

## ■ 항목

다음 네 항목의 색인을 작성한다.
1 어디서 : 지역, 국가, 민족, 문명, 종교, 언어, 문자, 문체
2 무엇을 : 문학의 시대, 영역, 갈래, 사조, 사상
3 누구가 : 작가, 전달자, 인물, 문학담당층
4 어떻게 : 작품, 인간형, 등장인물, 문헌, 자료

- 1에서 "민족"이나 "언어"라는 말은 가능하면 생략한다.
- 3과 4의 인물에서 존호는 가능하면 생략한다.
- 역사상의 인물이라도 작품에 등장해 거론되었으면 4로 취급한다.
- 4의 등장인물은 작품 이름을 대신해 기억될 수 있는 특히 중요한 것만 택한다.
- 이중성격의 인물은 3과 4 양쪽에 등장할 수 있다.

## ■ 배열과 표기

- 모든 사항을 한글 자모순으로 배열한다.
- 한자가 필요한 사항은 한자로 적는다.
- 한자로 표기한 외국어는 한자로 적고 한국의 독음으로 읽는다.
- 원음을 한글로 표기한다.
- 원문과 번역, 원음과 한국음, 또는 한국음의 상이한 표기가 공존하는 것들은 각기 별개의 사항으로 처리해 찾아보기 쉽게 한다.
- 인물의 성명을 구분하기 어려운 경우에는 이중표기를 각기 배열한다.

# 1 어디서

— 지역, 국가, 민족, 문명, 언어, 문자, 문체

## 1가

가나 Ghana  철63 전525-526

駕洛  하140

假名  하390-391 하395 하480 공113
    소(1)162 소(2)171 소(2)173-174
    소(2)186 전106

江戶  소(1)162 소(2)174

客家語  전260 전472 전473

갤릭 Gaelic  세265-266 전291 전401 전403
    전404-407

거란 契丹  동319 공71

게르만  공383 공419-420 공421

게에즈 Ge'ez  공26 공56 공60 공61 공62
    공316 공346-348 전123 전465

鎌倉幕府  문40

京都  소(1)162 소(1)163

경전어  공32 공45 공316 공343-344
    전81-82

高句麗  공82 문144 문148-151 전163-164

高麗  하142-148 하273

고전아랍어  공60 공231

고지독일어  공420

고트 Goth  공386 공420

곱트어 Coptic  공26 공57 공316 공344-346
    문254 전198

공동문어  세93 공1-476 공442 문227-240
    문241-251 문251-265 문265-279 문470

전79-88 전125-126 전246-275

공동어 koine  공320

과테말라  문207 전441

官話  공100

廣東語  공60 공61 공62 전472 전473

교회슬라브어  공22 공25-26 공56 공60 공61
    공62 공316 공355-364 전88 전123 전199

口訣  하415-420

구어와 문어  공58-61 공174-175 공198-199
    공213-214 공247-252 공231-232 공278
    공329-330 공332-333 공339 공354
    공365-366 문130 전418

口語와 雅語  동151 공57동151 공57

구어체 타밀어 - Tamil  공174

구자라트 Gujarat  공132 공164 문132 문135
    전159 전266 전286

국어  공125-126 공305 공307 전399 전400
    전406 전509 전517

國語 Quoc-nhu  공124 공126

굽타 Gupta  공46 공50 공54 공80 공137
    공236 공312 공383 공466 문55 문57
    문133-136 전80 전94 전99 전158-159

宮古島  동40 동175-176 동186 동282

그루지아  공60 공316 공351-354 문308
    문466 전123 전177

그리스  세66-67 세72-73 카5-220 동282
    동461 공209 공309-343 공356 공414
    공467 문81-91 문121 문210 문211-214

문219 문220 문266-267 문278-279 문306
철101-115 철126 철453-454 소(1)85
전37 전44-45 전47-48 전51 전53
전56-57 전64 전67-68 전71-73 전76
전88 전122 전175 전228 전418-419
그리스구어 공604
근대표준아랍어 공232 전491 전494
金(왕조) 동187 동319 공71
기독교 공22-26 공32 공45 공188
공309-366 공367-398 공441 문79-98
문208 문224 문265-279 문332-345
문369 철132 철133-141 철280-311
전73 전75-76 전81 전83 전175
전197-201 전348
끼체 Quiche 동431-441 문207-209 전31
전32-33

공82-83 공85 공117-120 문32 문144
문164-168 문183 전115 전165-166
전475
納西族 동35 동38 동196-220 하304-305
공71 공120 철67 전31 전132 전276
네덜란드 공370 공403 공420 문33
전407-408
내륙아시아 동342-343
네팔 카188-189 공131 공188 전304
전507-508
노르만 Norman 공434 문276
노르웨이 공442 공447 공450 문97 문278
문313-314 전177 전411-413
뉴질랜드 동460 전373 전436-437
뉴질랜드 원주민 동460 동478 전40 전437
느가주 다야크 Ngaju Dayak 세257
느고토 Ngoto 소(1)264 전362
니양가 Nyanga 동418-422 공299 전44

## 1나

나이지리아 동495 소(1)278-281
소(3)101-104 소(3)168-173 전368
전517 전519 전520-522
남·동남아시아 공131-196 소(1)268-275
남방불교 공177 공184 공196 공197-212
공288 문249-250 전87 전88 전122
南北朝 공43 공77
南宋 공87
남아시아 공131 철86-101 철127 철128
전373 전437-439
남아프리카 동495 소(1)278 전523
南越 하127 하129
남인도 철194 전302
南詔 동38 동42 동43 동213 동354
하271-273 하374-381 공17 공71

## 1다

다리 Dari 전271
단순한 팔리어 - Pali 공211
唐 동213 동328 동334-335 하271 하321
하326 공46 공54 공77 공80 공236 공383
공466 전90 전99 전191
黨項 세275 공71
大理 동354 하271 하375 공118 문32 전475
對馬島 동271-273
대만 전472 전473
대승불교 공136 공200 공201 문87
문249-250 철141-160
大虞 하421
大阪 소(2)257 소(3)20

大和  문159

德川幕府  문39 문40 문42 소(2)58-62
　　소(2)174

데바나가리 Devanagari  공189 공282

덴마크  하78-79 공389 공433 공440
　　공441-442 공471 문91 문123 문277-278
　　전176 전409-410

델리 Delhi  공267 문75 문293 전267

도곤 Dogon  철64 전30

도교  문390-394 전209-210

도데카니소스 Dodekanisos  공339

독일  세61-77 세83-108 세118-129
　　세156-163 세169-173 세179-182
　　세206-234 동461 동483 동490 하27
　　공370 공387-388 공419-425 공461
　　공462 소(1)88 소(1)246 소(2)41-43
　　소(2)200-203 소(2)209 소(2)215-219
　　소(2)290-296 소(3)110-116
　　소(3)129-133 전46 전109 전125
　　전148-149 전200 전231 전235-236
　　전251 전313 전351 전353

독일어  공419 공420

突闕  동314-316 공271 문144 문172-184
　　전171-173

동게르만어  공419 공420

동고트족  공372

동남아시아  카189 카217 동344 동349-351
　　공146-150 공176-187 공201-205
　　공216-226 공285 문59-62
　　소(1)272-275 소(2)240-244 전121-122
　　전159-162

동방기독교  카184 공26 공56 공309-366
　　공471 문79-91 문278-279 문307
　　문333-337 전88 전177 전198-200 전228

동부페르시아  공257-258

동부터키  공272275

동부힌디  철299

동아시아  세171-172 세341-343 세357-444
　　카185-188 카191-198 동5-506 하3-504
　　공676-130 문28-50 문219-223
　　문279-293 문421-426 철65-86 철126
　　철127 철396-418 철458-462 철477
　　소(1)33 소(1)107-111 소(1)194-195
　　소(1)211-212 소(1)213-231 소(2)46-77
　　소(2)113-187 소(3) 15-48 전185-188
　　전191-193 전236 전240-245 전327-332
　　전346-347 전467-485

동아프리카  전142-144 전285

동유럽  공309-366 소(2)33-35

侗族  동198-220 공72 공122 철67 소(1)209
　　전129-131 전132

東巴  문자 동197 동199 공71 공120 철67
　　전31 전32-33

東鄕族  공72

두호루오우 Dholuou  소(2)109

드라비다  동352 동359 동391-406
　　동408-409 공143 공144 공145 공157
　　전116-118 전266 전502

드라라바티 Dvaravati  공216

떠이-눙 Tay-Nung  동277

## 1라

라오스  전108 전279

라자스탄 Rajastan  동356 동407-413
　　공163-164 소(1)209 전286

라틴아메리카  카216-217 카218
　　소(3)152-157 전302 전373 전439-435

라틴아메리카 흑인  전444-445

라틴어(문명권) 세105-106 공26 공32 공44
　　공45 공48-49 공60 공367-454 공467
　　공468 공469 공471 문91-98 문265-278
　　문306 문448-457 철132 철133-141
　　철280-311 철368 철386-396 전81 전83
　　전86-87 전102-104 전109 전124-125
　　전167-169 전229 전246-249
라트비아 전419
랑그 도일 langue d'oïl 공406 공416 전400
랑그 도크 langue d'oc 공406 공416 전400
러시아 세224-356 동461 하27-28 공22-28
　　공56 공60 공62 공188 공355-366 공467
　　공471 문88-91 문308-309 문342-345
　　문368 소(1)57-59 소(1)249-252
　　소(2)43-44 소(2)203-204 소(2)396-301
　　소(3)117-124 소(3)237-245 전123-124
　　전146-147 전180 전199-200 전255-256
　　전289-290 전421-425
레바논 공246 공251 전493-494
레바논어 공252
레쩨부에르게쉬 Lëtzebuergesch 전409
레푼쿠르 repunkur 동162 동163 동168
로마 공44 문92 문93 문94 문121-122
　　문269 전64
로마자 공124 공127 공251 공280 공305
　　공441 공443 전517
로마제국 공44 공371-373 문448 문467
　　철115-126 전81
로만스어 공383 공407
롬바르디아 Lombardia 공374 공386
　　문272-273
루마니아 공370 전417
루테니아 Rhuthenia, Ruteno 세79
루히야 Luhya 소(2)109
룩셈부르크 공403 공409

룬 문자 run- 공440 문122 전171
리비아 공246
리투아니아 공370 전253 전419
린구아 라티나 lingua lattina 소(1)195
린구아 로마나 lingua romana 소(1)195

## 1마

마가디 Magadhi 공189 공197
마귄다나오 Maguindanao 동367
마나부 Manavu 동369-370
마노보 Manobo 동370-376
마니교 Manichaeism 전76-77
마다카스카르 공304-307 전517-519
마라나오 Maranao 동364-365
마라티 Marathi 공60 공132 공152-153
　　공163-164 철368 철377-378 소(1)200
　　전265 전287 전501
마르트니크 전446
마야 Maya 동431 문207
마오리 Maori 동460 동478 전40 전437
마이트라카 Maitraka 문135 전159
마자르 Magyar 공425
마자파히트 Majapahit 문297 문299 전185
마진다나오 Magindanao 동372
만시 Mansi 동474-475 전28
滿洲族 동187-194 하368-374 공117
　　문291-292 전107
말라가쉬 Malagashy 세168 공34 공229
　　공291 공304-307 전274 전517-519
말라얄람 Malayalam 공132 공144 공176
　　철194 전153
말라카 Malaka 공176 공287 문35
　　문318-322 전273

말레이  공63 공132 공133 공176 공178
　　공185 공229 공285-290 문300
　　문318-322 소(1)262 전121-122 전185
　　전272-273 전360-361 전512
말레이시아  공177 소(3)98-101 전513-514
말리 Mali  공292 철64 전30 전141-142
　　전170
말타  Malta  공404 전249
맘룩 Mamluk  공233 공242 문73
메소포타미아  공33
메오 Meo  동277
메조아메리카 Mesoamerica  동431 문207
　　전31 전32
메카 Mecca  공44 공234
멕시코  문207 전440 전441
멤파와흐 Mempawah  문300
明  하228 문29-31
모로코  공229 공246 전194 전489
모로코어  공60 공62
모스크바  공363 문91
모잠비크  전526
몬 Mon  세275 공216
몬테네그로  전415
몽골  동35 동43 동290-302 동329
　　동341-343 하108-113 하302-303 공62
　　공188 문282-291 문292-293 문433-436
　　전132-135 전189-191 전220 전344-345
　　전475-477 전475-476
苗族  공72
무굴제국  동355 공267 공279 공282 문305
무어 Moor  공227 공228
문명권  동23-24 동27-29 동32 하59-70
　　공454-476 문3-476 전79-88 전109-126
문명의 충돌  하42-46 문24
문법어 gramatica  공409

문어와 구어  공58-61 공174-175 공198-199
　　공213-214 공247-252 공231-232 공278
　　공329-330 공332-333 공339 공354
　　공365-366 문130 전418
브엉 Muong  동277
미국  세139-155 세235-246 카224-236
　　동373-374 동430 전373 전428-433
미국원주민  전432-433
미국흑인  전431-432
미얀마  공60 공63 공177 공178 공204
　　공212 공216-218 문248
미주대륙 원주민  동440 동460 동473 문209
　　전26 전126 전301-302 전432-433
　　전434-435
閩(南)語  철222 전472
民用語와 純正語 dhimotiki-katharevesa
　　공58 공322 공339 공341 공58 공322
　　공339 공341
민족어  공1-476 문172-190 문279-293
　　문293-322 전105-109 전111 전15-125
　　전170-175 전183-185 전214-232
　　전246-275 전371 전399 전507 전520

## 1바

바그다드  공240 공254 문72 문73 문254
바나 Ba Na  동277
바바브 불레렌 Babab Bulelen  문298
바빌로니아  동441-447 문18 문210 전44
바사 Basa  소(1)264
바스크  세266 전399
바이킹  공28 공439 문315
바하사 인도네시아 Bahasa Indonesia
　　전509

바히마 Bahima 동494

박트리아 Bacctria 공209 전75

返點 하418-419 하430 하436 하461 철404
　소(2)186

반투 Bantu 동418 공296

발롱 Wallon 전408

발리 Bali 동459 동490 공185-187 문298

발트해 연안 공370

방글라데시 공131

白文 하376 하390-391 공118 전106

白族 동196-220 하271 하303-304
　하375-376 공118-120 공118 문456
　소(1)209 전30 전105 전106 전107 전115
　전132 전165-166 전276 전299 전474
　전475

白話 하300 하438 하441 하459 공98 공99
　소(1)220 소(2)165 소(2) 166 전342

拜火敎 공253 공255 전62-64 전76 전77

베네찌아 Venezia 공339 공340

베다어 Vedic 공43 공135 공136 공198
　공213 전80

베르베르 Berber 세292 공229 공377
　문260-261 소(1)265-266 전487 전489

벨기에 공403 전408-409

벨로루시 전254 전426

벨지움 공403 전408-409

벵갈 Bengal 공59 공60 공132 공152
　공164-165 철299-300 소(1)200
　소(1)270-271 전284 전325 전499 전500

變體漢文 하419 하436 공97 공181 문160
　전111 전118 전166 전187·

보로네오 공176

보리야트 杜爾伯特 동291

보스니아 전416

보주리 Bhojuri 공155

普通話 공100 전472

보편종교 공26-27 공234 공383 공442
　공464 문224 문328-323 문395 문401
　문470 철213 전81-82

福建語 철222 철311 전472

본敎 Bon- 공188

북게르만어 공419

북극권 전29

부기스 Bugis 문299

부키드논 Bukidnon 동367

北京語 공60 공100 전472

북미대륙원주민 전26

북아프리카 동460 공232 공243 공377 문259
　문332 소(1)265-268 전141 전485-493

北魏 문32

북한 세428-444 세480-481

北海島 동162-164

불가리스 이루스트리스 vulgaris illustris
　공409

불가리아 공22 공60 공62 전254-255
　전417-418

불교 동327-341 공18-21 공32 공45
　공131-132 공136 공188 공188-196
　문50-62 문224 문363-390 문433 철132
　철194 전73-75 전81 전84 전87-88
　전188 전205-209

브라만교 공32 공141 공199 공200

브라질 전302 전440-441 전444

브레타뉴 세266 공406 전151 전401-402

비사안 Visayan 동363-364

비속 라틴어 공407 공408

비에트 Viet 동275

비잔티움 공23-24 공312 공313

비잔틴 세202 공22-24 공54 공55
　공309-343 공474 문24 문83-88 문279

문306 문335 전88 전122 전145-146
　　전177-178 전198-199 전228
비콜 Bikol  동361-362

## 1사

사라센 Saracen  공227 공228
사르나트 Sarnath  문131
사우디아라비아  공230 공246
絲綢之路  동329
사카 Saka  문132
사타바하나 Satavahana  문130
사하라 서남부  공292
사하라 이남 아프리카  공290-308
　　전516-533
사할린  동163
삭손 Saxons  공387
山西語  전472
산스크리트(문명권)  하90-115 하137-138
　　동355 공32 공34 공43 공45 공47-48
　　공59 공60 공63 공131-196 공198-199
　　공212 공213 공236 공464 공466 공468
　　공472 문50-62 문130-141 문241-245
　　문426-436 철132 철141-160 철165-166
　　철194-204 철356-357 철368 철370-378
　　소(1)33 전80 전81 전83 전85 전86
　　전87-88 전90-91 전92-97 전108
　　전116-119 전152-154 전157-162
　　전218-219 전262-263
산스크리트화한 타밀어 -Tamil  공172
　　공174-175
산스크리트화한 팔리어 -Pali  공211-212
삼바스 Sambas  문299
湘語  전472

상좌불교  공177 공184 공197-212 공288
　　문249-250 전87 전88 전122
上海語  공60 공62 전472
새로운 페르시아어  공253 공255 공257
샤를만뉴제국 Charlemagne  공46 공383
　　공385 전81 전99 전168-169
서게르만어  공419 공420
서고트족  전104
西南民族群  동194-195
西南夷  동194 하374
서방기독교  공22 공26 공56 공367-454
　　문91-98 문337-342 전88 전200-201
서부터키  공275-277
서부힌디  공155 공159 전263
서아시아  동461
서아프리카  동460 공232 전170
西遼  동319
서유럽  공367-454 소(2)33-35 소(3)207-237
　　전292 전378-397
西夏  세275 공71
釋讀口訣  하415-418
鮮卑  문32
섬나라 산스크리트  공181 문160 전118
　　전162
세계  세3-453 카167-220 동458-498 하24-47
　　공455-476 문465-476 철25-60 소(1)3
　　소(3)264 전5-539 소(3)203-207 전5-539
세구 Segu  동460
세네갈  소(3)195-201 전524-525
세르보크로티아  동461 동468-469 문206
　　전288
세르비아  동461 동468-469 전147-148
　　전288 전416
셀주크 투르크  공275 문68
소말리아  공34 전522-523

14

소비에트 러시아　소(3)121-124 전424-425

소승불교　공177 공184 공196 공197-212
공288 문249-250 전87 전88 전122

소코토 Sokoto　공293 전274

소토 Sotho　소(1)278 전367-368 전516
전523

속어　공198 공409 공414 공432

송하이 Songhay　공292 전142 전170

隋唐　공43 공312 전80

수마트라　동459 동491 문35 문300

수메르 Sumer　동441

수반온 Suban-on　동369

水書　공71 공122

水族　공71 공122

수코타이왕조 Sukhotai　동386-387 공218
문187-188 문189 전173-174

順讀口訣　하415

순수한 타밀어 -Tamil　공174

純正語와 民用語 katharevesa-dhimotiki
공58 공322 공339 공341

스리랑카　동355 동495 하94-96 공131
공133 공199-200 공210-216 공217
공288 문245-248 문302 소(1)201
소(1)272 전87 전119 전188 전220-221
전365-366 전508

스와힐리 Swahili　세71-72 동462 동467
동470 동496 공34 공60 공61 공229
공291 공296-304 공307 공444 공470
문466 소(1)276 소(1)277 소(2)102
소(2)109 소(2)110 전109 전121
전142-144 전274-275 전285 전517
전519-520

스웨덴　공440 공452 문122 문278 전171
전177 전410-411

스위스　세269-278

스칸디나비아　공370 공389 공390 공419
공439-454 문97 문122-124 문310 문311
문312 전170-171 전409-414

스코트어 Scots　전151 전402

스코틀랜드　공406 전151 전291 전402-403

스페인　동373 동432 동461 공370 공374 공376
공406 소(1)217-218 소(1)232-241 전102
전104 전150-151 전193 전311 전349-350
전351

스페인어　전439 전514

슬라브　공22-23 공315-316 공355-358
공370 문88 전88 전415-416

시리아　공63 공229 공315-316 공414
문333-335 전198 전326

시리아어　공26 공60 공62 공343

시베리아　전126

시칠리아　공408

시크교　공163 철299 전265 전287

新疆　동293 전283

神道　문374

新羅　하141-142 문20 문144 문152-158
전164-165 전192

신성로마제국　세146 전81

신유학　카195 하434 공202 철69 철31-350
전122

室町幕府　문29

싱가포르　소(2)240

싱할리 Singhali, Singhalese　공60 공61
공211-216 문302 전188 전508

1아

아나톨리아　공275

아라비아　공44 공228

아랍(인)  동467 공44 공227 공228 공315
　　공459 문62-79 철455-457 소(1)199-200
　　소(1)252-268 전78 전101 전180-183
아랍구어  공245-246 전491
아랍어(문명권)  공227-308 공44 공45 공48
　　공60 공63 공177 공178 공227-308 공345
　　공468 공469-470 공474 문62-79
　　문251-265 문303 문441-448 철252-280
　　철368 철378-385 소(1)33 소(1)252-268
　　전68 전80 전81 전83-84 전86 전88
　　전100-102 전108 전119-122 전169 전224
　　전267 전325-327 전355-362 전488 전489
　　전490-495
아랍어문자  공72 공305 전474
아랍에미리트  공246
아랍화한 페르시아어  공253
아르메니아  공26 공349-351 공471
　　문307-308 전144-145 전178
아르헨티나  전440
아리안 Arian  동352 동391 동395-396
　　동408-409 동416 공43 공143
아메리카대륙 원주민  동440 동460 동473
　　문209 전26 전126 전301-302
아미야 amiyya  공247
아비뇽 Avignon  문93
아삼 Assam  전501-502
아시시 Assisi  공408 문341 전200
아시아  세48-51 세147-148 세222-230
　　세316-324 카48-524 문467
雅語와 口語  동151 공57
아오테아로아 Aotearoa  전437
아와디 Awadi  공159 전263
아유타야왕조 Ayuttaya  동384-385 공221
　　공225 전278
아이누  동34 동36 동150-174 동473

하220-224 공14-15 공57 공470 문206
　　문456 전26-28 전30 전126 전127-128
　　전462
아이슬랜드  동461 동483 공289 공390
　　공399 공442-454 공471 문310-318
　　전42 전109 전125 전177 전413
아이티  전446
아일랜드  공45 공406 전45 전81 전291
　　전404-407
아자미 ajami  공292-293 문446 전274
아즈텍 Aztec  전33-34 전41
아체 Ache  문300-302
아카디아 Akadia  동441 동443
아칸 Akan  철63
아파브람사 Apabhramsa  공151
아프가니스탄  전269-270 전498-499
아프리카  세49 카 216 카218 공290-308
　　문206 문466 철52-65 소(1)276-285
　　소(2)98-110 소(2) 236-237
　　소(3)162-174 소(3)252-262 전30 전44
　　전126 전141-144 전273-275 전301
　　전367-369 전374 전516-533
아프리칸스 Afrikaans  전437 전438-439
아헨 Achen  공384 문92 전168
安南  하263 하267
안콜레 Ankole  동494 문206
알라하바드 Allahabad  문57 문133 전158
알바니아  전416-417
알사스 Alsace  공403-404 전401
알제리 Algérie  공229 공246 공377 문269
　　소(1)266-268 전485 전487-489
알타미라 Altamira  전24
알타이 Altai  동292
암하릭 Amharic  공62 공348-349 전123
　　전466

16

압바시드제국 Abbasid 공44 공46 공54
    공80 공235-236 공254 공383 전80 전99
    전101
앗시리아 동442
앙골라 전526
앵글로색슨 공431 공432
에스토니아 전419 420
야마도 동250 동253
야운쿠르 yaunkur 동162 동163
梁 문368 전98
양층언어 diglossia 공58 공167 공176
    공187-188 공229-230 공358 공367-371
    전508
에데 E De 동277
에스키모 동459-460 동473 전29 전30
    전126
에티오피아 세206 공26 공315-316
    공346-349 공471 전123 전465-467
    전179-180 전465-467
엘라미트 Elamite 문118
與那島 동176-177
黎朝 하133-137 하424 공93
女眞 공71
逆讀口訣 하415
영국 세130-138 세293-304 동461 동491
    하76-77 공370 공382-383 공430-438
    공471 공472 공474 문273-277 문307
    소(1)77-80 소(1)87 소(1)241-242
    소(1)247 소(2)37-39 소(2)189
    소(2)194-197 소(2)214-215 전45 전104
    전109 전125 전151 전176 전231 전235
    전250-251 전291 전292 전311 전316-318
    전319-320 전351 전354 전316-318
영어 세151 공295 공419 공434 공438
    소(1)279-281 소(2)240 소(3)101 전368

    전446 전503 전515 전525 전527-529
예멘 문253
오구즈 Oghuz 동316
오니차 Onitsha 소(1)279
오랜 자바어 공180
오리야 Orya 공132
오세아니아 전126
오스만 투르크 공277 공279-280 공313
    문76-77 전121
오스트랠리아 전373 전435-436
오스트랠리아 원주민 동472 전24 전436
吳語 동243-250 동280 공99 소(1)209
    전472 전473
오키나와 동39 동174-187
오호츠크 Okhotsk 동165
온두라스 문207
倭寇 공28 공439 문315
외몽골 전476-477
阮朝 하455-456 소(2)63-64
遼 동319 공71 문32
요루바 Yoruba 동495
요크 York 공385
瑤族 공72
우간다 동494 공297
우구즈 Uguz 전139-140
우루크 Uruk 동441-447
우룩과이 전443
우르두 Urdu 공63 공229 공230 공268
    공281-285 소(1)153 소(1) 154 소(1)200
    전121 전271-272 전324-325 전499
우마야드제국 Umayyad 공233 공345
    공254
于闐 철162
우즈베크 Uzbeck 동316 공272 문186
    문254 철368 전138-139

우크라이나   전425-426
雲南   동194 동354 공470
雲南민족군   동35 동37 동194-220 동281
    동479 하375 전276-277
元   하273
월남   세257-256 카186 동274-280
    하115-139 하268-269 하277-282
    하381-389 하421-426 하443-458
    공17-18 공60 공70 공83 공88-90
    공104-107 공124-125 공460 공461
    공471 공472 공474 문32 문34 문35
    문45 문163-164 문183 문222 문223
    문231-234 문282 문422-426 철227
    철328 소(1)193-194 소(1)221-222
    소(1)228-231 소(2)62-64 소(2)71
    소(2)343-350 소(3)91-92 전105 전106
    전107 전114-115 전167 전186 전187
    전209 전217-218 전236 전258
    전261-262 전343-344 전373 전481-485
粵語   전472 전473
웰스 Wales   공406 전169 전404
위구르   공72 공272 문44 문185 전474
유고슬라비아   전416
琉球   동39 동174-187 동282 하157-166
    하213-218 하263 하267 하268-269
    하275-277 공71 공83 공114-117 공471
    문32 문46-49 문168-172 문223 문237
    철396-403 전115 전167 전186 전187
    전327-328
유교   공32 공45 문23-24 문28-50 문228
    문370 문394-400 철356-357 철396-418
    전81 전84 전185-188 전210-212 전348
유럽   세48-52 세259-266 카182-183 카219
    동461-462 동483 하71-81 공309-354
    문79-98 문199-204 문219-223

문265-279 문101-126 철127 철128
    철386-396 소(1)76-87 소(1)194-199
    소(1)211-212 소(1)231-252 소(2)32-46
    소(2)290-301 소(3)48-90 전144-152
    전193 전240-245 전288-292 전348-354
    전373 전378-427
유럽(문명권)중심주의   세9-20 세213
    세397 동21-33 하24-47 공379 문202
    문265 문461 문474-476 철58-60
    소(1)31 소(1)107-111 소(2)187-227
    소(3)58-90 전22 전49 전396
유태교   공32 문208 전75-76
유태인   75-76 전495-497
殷   하140
晉讀   하417-420
晉讀口訣   하415-418
이그보 Igbo   공295 소(1)278-281 소(3)101
    소(3)169 전368 전519 전521 전529
이누이트 Inuit   동459-460 동473 전29 전30
    전126
이디오피아   세206 공26 공315-316
    공346-349 공471 전123 전465-467
    전179-180 전373 전465-467
이라크   동441 공251
彝文   공71 공121 공122
이스라엘   동69 전75-76 전495-497
이스탄불   공278 공279 공313 문76-77
이스파한 Ispahan   철379-381
이슬람   카183-184 동324 동492 공34-35
    공177 공202 공203 공204 공227
    공230-231 공240-241 공252 공255
    공271-273 공285-286 공288
    공290-291 공296-298 공300-303 공315
    공345 문62-79 문224 문251-265
    문258-259 문304 문345-354 문369

18

철252-280 철378-381 전77-78 전80 전81
전83 전88 전122 전180-185 전193-194
전201-203 전274 전474
李朝(월남) 하130 문163-164 전167
彝族 동35 동38 동196-220 동477 하375
공71 공121-122 철67 전39 전131-132
전132 전276 전299
이중언어 bilingualism 공58
이질어 heteroglossia 소(1)63-64
소(1)66-67
이집트 세66 세98 세292 동460-461 동491
공26 공33 공57 공63 공245-251
공315-316 공344-346 문68 문114-118
소(1)255-259 소(2)93-98 소(2)230-233
소(3) 146-151 전36-37 전50-51 전141
전198 전284-285 전326-327 전356-357
전373 전465-467 전490-493
이집트어 공60 공62 전36-37
이탈리아 세77-83 세163-169 동461 공60
공370 공401 공407-413 공437-438
문337 문341 문455-456 철222 철228
철239-252 전109 전124-125 전193
전200 전231-232 전292 전308 전318
전316-318
이푸가오 Ifugao 동365-367
인도 세317-318 카5-220 카236-240
동351-352 공43 공131 공134-147
공130-176 공181 공188 공285 공459
공267 문50-59 문74-76 문78문124-127
문130-137 문242-245 문256 문286 문287
문305 문426-433 철86-101 철113-115
철125 철457-458 소(1)114 소(1)153-169
소(1)200-201 소(1)268-272 소(2)81-93
소(2)227-229 소(2)357-363
소(3)134-143 소(3)187-192

소(3)247-252 전37 전46전58-62 전3-75
전116 전169-170 전285 전299-300 전302
전324-325 전362-365 전373 전499-507
전499-507
인도아대륙 Indian Subcontinent 공131
공201 공267 공281
인도네시아 세257-258 카185 카215-216
카341-245 동459 동490 동491 공34 공177
문141 문299 소(1)260-262 소(2)229-230
소(2) 350-355 소(3)174-182 전162 전185
전301 전302-304 전360-361 전373-374
전508-512
인도네시아어 Bahasa Indonesia 전509
인도차이나 공216
일로코 Iloko 동368
일리아논-콘타바타 Ilianon-Cotabata
동370-376
일본 세361-373 세388 카224-236
동250-274 동165 하82-83 하166-185
하204-213 하274-275 하345-368
하417-420 하429-430 하458-476
공13-17 공60 공70 공82 공86 공90-91
공97-98 공107-110 공444 공449 공454
공454 공460 공463 공470 공471 공472
문11-17 문29-31 문32 문38-42 문144
문158-163 문223 문236 문280-281
문292-293 문315 문374-379 문423
철458-460 소(1)193 소(1)221
소(1)226-228 소(2)58-62 소(2)68-70
소(2)127-137 소(1)162-163
소(1)171-176 소(2)256-262
소(2)316-322 전106 전107 전111 전114
전166-167 전186 전187 전192-193
전208 전236 전258 전261 전328-329
전342-343 전373 전457-462

## 1자

字喃  동279 하381 하390-391 하395 하422
    하425 하443 하445 하480 하482
    공107-108 공110 공113 공124 문422
    소(1)194 전106 전482
자바  공63 공132 공176 공179 공180-185
    공444 문34 문141 소(1)263-265 전116
    전162 전185 전361-362 전509
자이나교  동401-402 전73
자이르 Zaire  동69 동418 공299
작센 Sachsen  공424
잔지바르 Zanzibar  공297
壯族  하305 공71 공122 철67 전474 전475
저지독일어  공420
전라도  동143-144 철328
轉輪聖王 cakravartin  카88 동312 하113
    공220 공224 문50-62
제1세계  세9-20 세45-310 소(2)18
제2세계  세9-20 세311-356 소(2)18
제3세계  세9-20 세445-453 동29-33 문456
    문468 소(1)31 소(1)109-110 소(1)209
    소(1)231 소(2)77-110 소(2)18-19
    소(2)227-245 소(2)349-363
    소(3)90-104 소(3)105-106
    소(3)133-183 소(3) 187-201
    소(3)245-262 소(3)262-263 전234
    전237 전238 전439-447 전485-533
제4세계  동29-33 문456 소(2)78
제2의 공동문어  전87-88
제주도  동37 동48-110 공470 문456
    소(1)209 전29 전132
朝貢  하62-64 하114 하131 하239 하252
    하259 문18-19 문31
조로아스터교  공253 공255 전62-64 전76

전77
朝鮮(王朝)  한263 공93 문11-12 문33 문34
    문35 문188
주변부  공176-196 공216-226 공281-308
    공349-366 공430-454
줄루 Zulu  소(1)278 전516-517 전523
중간부  공167-176 공210 공212-216
    공252-280 공343-349 공376-377
    공419-430 공402-403
중간 아랍어  공232 공248-249 공250
중간 자바어  공180 공184
중국  세66 세223 카189-190 동228-250
    동319 동329-330 동 342-343 하82-83
    하299-305 하315-328 하443-497 공43
    공70 공73-74 공76-82 공87-88 공93
    공98-102 공126-127 공146-147 공188
    공459 문11-12 문127-130 문313
    문142-148 문210 문214-219 문221-222
    문228 문229 문230 문368-373
    문421-422 철66-86 철113-115 철126
    철460-462 소(1)191-192 소(1)219-221
    소(1)225 소(2)51-57 소(2)68
    소(2)127-145 소(1)161-163
    소(1)164-171 소(2)262-274
    소(2)322-328 전30 전36 전39 전40
    전52 전54-55 전57 전65-66 전70-71
    전163 전185-186 전207 전236
    전298-299 전330-331 전340-342 전373
    전468-475
중남미  전439-445
중동부독일어  공424
중세그리스어  공308-332
중심부  공150-167 공245-252 공380-382
    공405-419
중심부·중간부·주변부  공72-75 공97

공239-330 공342-343 공458-465
공370-371 공373 공456-465 문401
전109-126
중앙아메리카  동431 문207 전31 전32
중앙아시아  철162
지르나르 Girnar  전158
晋語  전97 전472
陳朝  하133 공93
쯔와나 Tswana  동495 문206 전516-533

## 1차

차크리바르틴 cakravartin  카88 동312
　　하113-114 공220 문50-62 문100 문102
차크리왕조 Chakri  동385-386 공220
　　공225
借字表記  하350 하390 공121
爨文  공121
爨族  하374
찬다 Canda  공152
찰루키아 Chalukya  문242
참파 Champa 占城  동276 하97 하137-138
　　공18 공132 공133 공216 문34
冊封  하62-64 하114 하163-164 하239
　　하252 하259 하307-308 공24-25
　　문1-109
天子  하114 하115 하131-132 하229 하265
　　하307-308 문24 문28-50 문100 문101
　　문102
天下同文  하28 하252 하265 하308
淸  동187 동192-194 하299-305 공71
　　공279-280 문32 문291-292 소(2)51-57
체코  공370 전414
촐라왕국 Chola  동402

총대주교  문70 문79-98 문100 문101 문102
추바슈 Chuvash  전427
沖繩  동39 동174-187
치오스 Chios  공339
칠레  소(2)355-357 전441

## 1카

카나 假名  하390-391 하395 하480 공113
　　소(1)162 소(2)171 소(2)173-174
　　소(2)186 전106
카난다 Kananda  동359 동407 동408 공132
　　공167 철373
카라푸토 Karapto  동163
카를레비 Karlevi  문122 전171
카리브해  전445-447
카메룬  소(3)162-168
카자크 Kazakh  동316
카로링거 제국 Calolingian  공49 공80
　　공312 공313 문92
카르나크 Karnak  문114
카르타고  공376 공377
카를레비 Karlevi  공440
카슈가르 Kashghar  공272
카슈미르 Kashmir  공132 문243 전153
카위 Kawi  문299
카이로  문73 문74 문75
카자크스탄  문186 전282 전283
카타르  공246
카타크 Khattak  전270
카탈란 Catalan  공406 전400
칸티 Khanty  동474-475 전28
칼렌진 Kalenjin  소(2)109
칼리파 khalifa  하229 공35 공279 문62-79

전169-170
칼린가 Kalinga (인도)  문125 문130
칼린가 Kalinga (필리핀)  동368-369
칼무크 Kalmuk  동320
캄보디아  동387-388 하96-102 공60 공63
　　공132 공147-149 공178 공179-180 공204
　　공205 공225-226 문35 문59-62
　　문137-141 문302-303 문438-441
　　소(1)201 전108 전118 전160-162
　　전188-189 전223-224
캐나다  전373 전433-435
캐나다 원주민  전434-435
케냐  공297 소(1)115 소(1)170-180
　　소(2)101-110 소(3)173-174
케랄라 Kerala  공144 철194
켈트 Celt  공406 전401 전403 전404-407
코르시카 Corsica  공404 전249
코이네 koine  공320 공321 공408
코트-디브와르  전517
콘카니 Konkani  세102-103
코카사스  공349
콜럼비아  소(3)152-157 전441
쿠르드 Kurd  전450 전497-498
쿠바  전444-445
쿠샨 Kushan  문130-132 전80
쿠웨이트  공246
퀘벡  전434
크라마 Krama  소(1)264 전362
크레타 Crete  공339 공340
크로아티아  동461 동468-469 전254 전288
크메르 Khmer  동387-388 공148 공204
　　공224 문59-61
키르기스 Kirgiz  동313-327 공72 문183
　　문186 전137-138
키릴문자 Cyri l-  공355

키마아사이 Kimaasai  소(2)109
키스와힐리 Kiswahili  소(2)109
키에프 Kiev  문88 전180
키캄바 Kikamba  소(2)109
키체 Quiche  동431-441 문207-209 전31
　　전32-33 전41
키쿠유 Kikuyu, Gikuyu  소(1)170-180
　　소(2)109
키타이 Kitay  동319
키프로스  공338 공339 공340
킨 Kinh  동275

## 1타

타갈로그 Taglog  공34 소(1)275 소(2)234
　　전515
타밀 Tamil  동355 동391-406 동407 동490
　　공60 공61 공132 공144 공146 공168-176
　　공158 공167-176 공260 공261 공461
　　문355-358 문430-433 문456 철204-213
　　철222 전46 전108 전117 전203-204
　　전218-219 전266 전287-288 전365
타밀구어 Tamil-  공172 공173 공174
타이  카189 동350-351 동354 동379-390
　　공60 공177 공178 공204 공205 공212
　　공216 공218-225 공288 공474 문34
　　문187-190 문248 문303 문436-438
　　전173-174 소(1)202 소(1)272-274
　　소(2)242 소(2)240-244-244 전108
　　전152 전154-156 전188 전221-223
　　전277-279 전366-367 전373 전373
타이몰리 taymoli  전117
타이문자  공218
타지크  공72

타타르 Tatar 동316
탄자니아 공297 소(1)277 전520
耽羅 동42 동48 동70
傣族 동196 동379 전277
太平天國 전260 전473
터키 동289 동314 동327-343 동467 공60
　　공229 공268-281 공315 공317 공470 문68
　　문72 문76-78 문172-186 소(1)259-260
　　소(3)143-146 전108 전121 전171-173
　　전227-228 전268-269 전282 전 359-360
　　전373 전448-453 전462-465
터키공화국 공280 문77-78 문186 전282
　　전449
터키민족군 동313-314 동316 동317 공270
　　문186 전137-140 전282-283 전474
텔레구 Telegu 동359 동407 동408 동490
　　공132 공167 철373 전267
土家族 하305
通文 하233-235 하251
通語 하233-235 하251
투스칸 Tuscan 공408
투스칸 공통어 Tuscan koine 공408
투르크맨 공272 전269
투아레그 Tuareg 전170
툴루 Tulu 동407 동408
툼바투 Tumbtu 공297
트리니다드 전446-447
튀니지 공246
티무르제국 문305
티베트 카188-189 동35 동43-44
　　동302-313 동327-343 하103-108 하109
　　공21 공56 공60 공133 공187-196 공201
　　공464 공472 문34 문294-296 문364-368
　　문378 문379 문434-435 전87 전119
　　전135-137 전189 전206-207 전219-220

　　전304 전474
티베트구어 공62
티베트문어 공62

## 1 파

파간 Pagan 공217
파라트론 Paratron 문299
파스투 Pasthu, Pastho 전271
파케하 Pakeha 전437
파키스탄 공131 공285
파테 Pate 공298 전274
파티미드 Fatimide 문68 문73
판지 사키 Panji Saki 문198
팔라 Pala 공152
팔레스타인 공246 공312 공390 공399 문79
　　소(3)192-195 전494-495
팔리 Pali 공56 공63 공136 공177 공178
　　공189 공197-212 공213 공219 공220
　　공288 공467 문234-251 문302 문363
　　문436-441 전74 전87-88 전91 전108
　　전119 전188 전220-221
펀잡 Punjab 공132 공163 전265
페르시아 동284 동461 동495 동424 공56
　　공60 공63 공229 공240 공 252-268 공275
　　공279 공280 공281-284 공315 공461
　　공470 공473 문118-121 문212 문213
　　문254 문255 문303-305 문348-354
　　문442-446 철222 철267-280 철379-381
　　전51 전62-64 전76 전88 전101 전108
　　전120-121 전140-141 전183-185
　　전224-227 전267-278 전284 전358-359
　　전373 전453-457 전499
페르시아구어 공62

페르시아문어  공62
펨바 Pemba  공297
포르투갈  공370 전290
포루트갈어  전436 전526
布依族  공72 철66
폴란드  공370 전253 전289 전324 전419
폴리네시아  동428
표준 독일어  공420 공424 공425
표준 아랍어  공248-249
푸난 Funan 扶南  하96-102 공147 전160
푸샤 fusha  공247
풀풀드 Fulfulde  공293 전274
퓨 Pyu  공216
프라크리트 Prakrit  공136 문130
프랑스  세108-118 세188-206 세246-269
　　세284-293 세304-310 카5-268 동461
　　하27 공370 공401 공406 공413-419
　　공473 문33 문306-307 문449-454
　　소(1)85 소(1)89 소(1)95-106 소(1)114
　　소(1)136-153 소(1)242 소(1)244-246
　　소(1)247-248 소(1)249 소(2)39-41
　　소(2)187-189 소(2) 210 소(2)197-199
　　소(2)220-224 소(2)302-315
　　소(3)125-129 소(3)184-187 전109 전125
　　전149-150 전193 전229-230 전235
　　전249-250 전308-311 전320-324
　　전351-353
프랑스어  공306 공307 소(1)228 소(1)266
　　전446 전488 전489-490 전518 전524
　　전529-531
프랑크 Franc  공22 공383 문91-92
프로방스어 provençalo, provençal  세266
　　전400
피노우그리아  동460 동474 공370 공435
　　전414

피렌쩨 Firenze  공408
핀랜드  동461 공370 공413
필리핀  동350 동353 동357-358 동360-379
　　공33-34 소(1)274-275 소(2)234-236
　　소(2)240 전43 전126 전128-129
　　전514-515

## 1하

하급 라틴어  공407
하와이  동422-431 동479 공33 문466 전31
　　전34 전40 전41
하우사 Hausa  공34 공229 공291 공292-297
　　공307 문446-448 소(1)276-277 전108
　　전121 전274 전517 전519 전520-521
하카니예 Hakaniye  공272
한국  세129 세223-230 세253-254
　　세276-278 세343-347 세389-391
　　카246-260 동42-43 동111-149
　　하140-157 하199-204 하289-291
　　하329-345 하415-420 하426-437
　　하476-497 공18-21 공60 공70 공73-74
　　공84 공85공449 공460 공461 공470
　　공471 문17-22 문32 문148-158 문228
　　문230 문234 문235 문236 문238-239
　　문240 문281 문379-390 문413-421
　　문474-476 철329-350 소(1)33 소(1)114
　　소(1)115-136 소(1)192-193
　　소(1)216-219 소(1)225-226 소(2)64-68
　　소(2)72 소(2)119-127 소(2)145-155
　　소(2)162 소(2)176-187 소(2)209
　　소(2)251-256 소(2)274-289
　　소(2)328-336 소(2)341-343 소(3)93-98
　　소(3)158-162 전38 전111-113

전132-134 전163-165 전186 전ř87
전207-209 전215-217 전236 전256-258
전260 전280-281 전295-297 전298
전329-330 전331-332 전338-340 전373
전477-481漢 동331 동339-340 공43
공77
漢文(문명권) 하241-309 하390 하409-437
　　공25 공32 공67-130공43 공45 공47
　　공51-52 공60 공127-128 공149-150
　　공236 공466 공468 공470 문28-50
　　문142-172 문227-240 철162-194
　　철356-357 철368 철396-418 전79-80
　　전81 전84-85 전86 전90 전97-100 전106
　　전111-116 전162-167 전207-221
　　전256-259
漢族 동229-233 동280-281 공70 철66
　　전475 전473 전474 전475
漢和混淆文 동261 문374
鄕札 하390-391 하425-426 전106
헝가리 공370 공388-389 공402 공425-430
　　공461 공462 공471 문273 전251-253
　　전414
헤브리아 세81-82 전37-38 전66-67 전73
　　전76 전495 전496
懸吐 하416

湖南語 전472
호사 Xhosa 동495 문206 전523
華嚴 철161-194
華夷 하244-246 하299-301 하307-309
　　철415 철443 전111 전186
和漢混淆文 동261 문374
후리트 Hourite 동442
訓讀 하412-420 하430 하436
訓民正音 하390 하427 공107 공219 문188
훈족 Huns 공387
匈奴 동314 동339-340 문217-218
黑契丹 동319
히디트 Hittite 동442
히브리 세81-82 전37-38 전66-67 전73
　　전76 전495 전496
힌두교 동413 공32 공131-132 공137 공145
　　공152 공154 공169 공172 공187 공203
　　문50-62 문258-259 문355-363 문369
　　철194-213 철356-357 전116 전122
　　전203-205
힌디 Hindi 동407 동408 공59 공60 공63
　　공132 공153-163 공165-166 공285
　　철298-311 소(1)154-169 소(2)358-359
　　전116 전204-205 전219 전263-265
　　전364

# 2 무엇을

 - 문학의 시대, 영역, 갈래, 사조, 사상

## 2가

假名草子  소(2)174
歌舞伎  카187 카213 소(3)34 전293 전307
가무이 유카르 kamui yukar 동38 152-160
　　전26 전127
歌舞伎  카189
가문소설  하489 소(2)187 소(3)312-339
가부키 歌舞伎  카187 카213
가사  하341 하366 공106 공111 문411-412
　　문414-421 철331 전215-217 전260-261
歌謠  하348-350
가잘 ghazal  공258
假傳  소(1)215 소(1)232 전345
가정비극  전313
가족 영웅담 family saga  공453
가짜 고백록  소(1)234 소(1)285 전346
가짜 서사시 mock epic  동491 전292
가짜 傳  소(1)234 소(1)285 전346
간통소설  소(3)16 소(3)53-55
講談  소(2)129 소(2)131
講史演義  소(1)220
講唱  동245
건국서사시  동35 동67-89 동179-187 전39
　　전133
건국신화  동178 동187-188 동195
　　하91-191 전39
건달소설 novela picaresca  소(1)56 소(1)88

소(1)90 소(1)205 소(1)216 소(1)231-242
　　소(3)112 소(3)115 전348-349 전350-351
　　전504
偈  철143
게사쿠 戱作  하458 하459 하480 하498
　　소(1)192 소(1)193 소(1)194 소(1)221
　　전342
격언시  공219 문433-438 전222 전231
격정극 melodrama  카180 전312-313
京劇  카190 카21 전205 전470
景幾體歌  문411-412 문414 전215-216
경이로운 사실주의 realismo marvaillose
　　소(3)152 전442
계몽사상  철418-446 전240-248
계몽주의 계몽사상  철418-446 전240-248
古歌  동230
고단 講談  소(2)129 소(2)131
고대  카167-176 동417-457 공29-30
　　문113-124 문400 문401 문469-473
　　철65-129 전35-78
고대 晩期  공377
고대서사시  동63-96 동161-168 동261-262
　　동360-379 동418-422 동441-447
　　동448-459 동476-488 공299 공300-301
　　공446 공469
고대에서 중세로의 이행기  공377
　　문124-130
古文  공47 공77 공81 문145 전99 전104

古文文學  공99

고백록  공240 공378-379 소(1)213-214
　　소(1)215 소(1)216 소(1)231-233
　　소(3)237 소(3)261 전346 전349 전350

고백록-소설  소(1)223 소(1)231 소(1)242
　　소(1)258 소(1)285 소(1)268 소(2)194
　　전346 전349 전350 전354 전359 전365
　　전369 전504

鼓詞  동242

故事詩  동228

高僧傳  동496 문326-327 문363-390 전195
　　전207-209

古詩  하246 하315-319 공77 공81 전90
　　전99

滑稽本  하459 소(2)131

골리아르 Goliard  공397-398

공동문어시  전89-104 전246-275

狂歌  하284 하365 하366 소(2)129 소(2)130
　　전258

狂文  하284

狂詩  하284 하292 공97 소(2)131 전258

狂言  카198

교술시  동36 동186 동222 공195 공275
　　공295 공329 공338-339 공346 공376
　　공411 공473 문411-465 전214-232
　　전262 전521

교술시 Lehrgedichte  소(1)45

교양소설 Bildungsroman  소(1)246
　　소(2)202-203 소(3)109-133 전353

교오카 狂歌  하284 하365 하366 소(2)129
　　소(2)130 전258

教祖傳  공205 문328-332 문401 전196

교훈가사  문416 전216

구비문학  공71-72 공108 공122 공151
　　공246-247 공268 문468 철488 전105

전126 전196 전275 전376 전397 전399
　　전473 전514 전517 전522 전525 전532
　　전533

구비서사시  동5-506 공247 공468 소(1)40
　　전45 전127 전128 전132 전134 전135
　　전147 전277 전280 전282 전289 전514

구비역사  문204-209

구비철학  철61-65 철488

구어시  공250-251 전492

구어체 금석문  문113 문139-141 문152
　　문154 문156 문158 문159 문187
　　문191-193

구티야탐 kutiyattam  전302

국문소설  하481-482 공108 소(2)187

국사  공210-211 공346-347 공388-389
　　공442 공471 전176-177 전178 전179
　　전186-191 전415 전499

國書  문29-31

國語詩(월남)  하381

國音詩(월남)  하137 하284 하381-389
　　하391-393 하395-396 공102 공104
　　공105 공106 공472 문422 전106 전107
　　전115

軍紀物語  공452 문280-281 문293 문315
　　소(3)18

굿극  카216

귀족소설  소(2)245 소(3)67 소(3)70

귀족-시민소설  소(3)204 전380 전382

귀족-시민-민중소설  소(3)204 소(3)213
　　소(3)229 소(3)238 전380 전421

閨房歌辭  문417 전216

그리스연극  카5-220 전47-49

그림자극  카184 카185 전293 전302-304

근대  세391-394 하238-242 공37 공38
　　공123-130 공163-167 공341 공366

공403 공438 문322-324 문469-473
철453-504 소(2)113 소(2)115
전371-539
근대극  카207 전294 전313 전394-395
전401 전405 전410 전411-412
전422-423 전426 전431 전531
전443-444 전455-456 전458 전470
전480 전484-485 전493 전516-517
근대소설  공163 공216 공341 소(1)212
소(1)22 소(1)225-231 소(1)247-249
소(3)206 소(3)78-90 소(3)116
소(3)204-207 소(3)259-260 전378-388
전399-400 전408 전410 전412 전414
전415 전416 전417 전418 전419
전421-424 전425 전426 전430 전432
전435 전438 전440 전442-442 전452-453
전456-457 전459-461 전462-463
전463-464 전466 전470-471 전479-480
전482-483 전487-489 전492-493
전494-495 전496-497 전502-506 전508
전509-511 전512-513 전515 전519 전521
전526-533
近世  소(2)14
近體詩  하246 하315-316 하318-319 공47
공236 공466 전90 전99 전101
금석문  공136 공147-148 공152 공179
문52-55 문60 문74-75 문111-194
전49-53 전157-175
記  소(1)215 소(1)219 소(1)220 전339
전340
기독교서사시  공469 전149-150 전292
記事歌辭  문414
기사담 Romanzen  소(1)45
기사소설 roman de chevalerie  소(1)196
紀俗樂府  동243 하289 하380 하292 하293

하284 하305 하306 공95 전256-259
氣一元論  세113-114 카160 하53-58
철349-350 철396-418 철439-446
소(1)23 소(1)25-26 전240-248
기적극 miracle  카182 전307
氣철학  세113-114 카160 하53-58
철123-126 철128 철396-418 철439-446
소(1)23 소(1)25-26 전240-248
기행가사  전217
꼭두각시놀음  전295-296 전455
꿈 서사시  동169

## 2나

나바-니나이 nava-niyai  소(1)202 전366
나바카타 navakatha  공215 소(1)201 전366
나발 naval  소(1)200 전362
나발-카타 naval-katha  소(1)200 전362
나우탄키 nautanki  카214 전300
나타카 nataka  카66-67 카93
나흐다 Nahda  전491
落語  소(2)129 소(2)131
남성소설  소(2)225 소(2)245
남성영웅서사시  동51 동67-96 동134-138
동160-169 동471-493
南戱  카190 공99
浪曲  동271
낭만주의  전388-390 전394 전398 전440
내면의식소설  소(3)205 소(3)208 소(3)213
소(3)223 소(3)224 소(3)229 소(3)243
소(3)262 전381 전382 전386 전425
네그리튀드 négritude  전446 전524
노동요  하312 전2 3-24 전58 전65
노래하는 이야기  동292

노리또 祝詞 동256
노벨라 novella 소(1)197 전333
노벨레 Novelle 소(1)197
노블 novel 소(1)41 소(1)77 소(1)80
　　소(1)81 소(1)91 소(1)194 소(1)195
　　소(1)197-198 소(1)199 소(1)200
　　소(1)247 전333-334 전353
노오 能 카186 카190 카167 카196-198
　　카213 공107 전307
錄 소(1)215 소(1)219 소(1)220 전339
　　전340
錄冊 하483 하486 하489 하498 소(2)150
　　소(2)151 소(2)186
농촌소설 전417
누벨 nouvelle 소(1)196 소(1)197
能 카186 카190 카167 카196-198 카213
　　공107 전307
니리 동175-176

唐宋八家文 하438
唐詩 하246 하315-316 하318-319 하327
　　공47 공236 공466 전90 전99 전101
大戲 카189 전304
데스탄 destan 공280 공474 공474
　　소(1)199 소(1)252 소(1)253 전333
讀本 하459-460 하480 하482 하483 하484
　　하498 하499 소(1)193 소(1)221 소(2)130
　　소(2)172 전343
독자소설 소(2)143
咄本 하459
동양주의 orientalism 세11 세33-34
東學 전260-261
뚜옹 tuong 카186 카200 전305-306
째오 cheo 전305-306

## 2다

다르사나 darsana 철457
다부일처제소설 소(3)53-55
다스탄 dastan 동284 동497 공280
　　소(1)252 소(1)253 소(1)268 전283
　　전333 전358 전363
斷想 철84-85 철102 철106-107
단편소설 소(2)241-243 소(2)340-363
　　전464 전474
譚歌 동252
담시 Balladen 소(1)45
談義本 하459
당본풀이 동48-110
堂上連歌 하365

## 2라

라마이니 ramaini 전219
라-모 lha-mo 카188 전304
라사 rasa 카7-268 전48 전95 전297 전298
　　전299 전300 전301 전302-308 전309
라오이 laoi 전291
라콘 lakhon 카189 전304
라쿠고 落語 소(2)129 소(2)131
레 lai 소(1)196
렌카 連歌 하365 하366 하367
로만 Roman 소(1)77 소(1)197
로만 роман 소(1)197
로만세 romance 소(1)197
로만쯔 romanz 소(1)197
로만트 romant 소(1)197
로맨스 romance 소(1)77 소(1)80 소(1)91
　　소(1)184 소(1)194 소(1) 195 소(1)198

전151 전333-334
로망 roman  공416 공417 공418 공419
　　소(1)41 소(1)195-197 소(1)77 소(1)84
　　소(1)95 소(1)195 소(1)198 전151 전333
로망 브르통 roman breton  공416
로바이 robai  공258
료교쿠 浪曲  동271
루드루크 ludruk  카215-216 카218 전301
루보크 lubok  소(2)203
르네상스 renaissance  공399-400
리오엔 르펜 rioen lpen  소(1)201
리와야흐 riwayah  소(1)199 전355
리티 riti  공160-162 전264

## 2마

마가지 maghazi  공252
마니-림두 mani-rimdu  카188-189 전304
마당극  카19-20
마르크스주의  세12-13 세31-324 세181
　　세325-330 세374-377 세392 세397
　　공215 문203 소(1)24 소(1)272 소(2)19
　　소(2)26-27
마술적 사실주의 realismo magico
　　소(3)152 전442
마카마 maqama  공48 공236 소(1)254-256
　　소(3)261 전105 전326 전355 전356
　　전368 전492 전532
마카마-소설  소(1)258 전357
마트나비 mathnavi  공255 공258
輓歌  동259
漫錄  문399 철436
滿文詩  하368-374
漫筆  철436

말케 malke  공347
메노코 유카르 menoko yukar  동169-171
　　전127
銘  문145 문146 문148 문149 문156 문158
모노카타리 物語  하458 공452 문280
　　소(1)192 소(1)193
목판본  소(2)160-163 소(2)206-207
　　소(2)226 전338
몽유록  전332
무당굿놀음  전295
무산계급소설  소(3)243 전425
무속서사시  동48-110 동11-134 전132
무훈시 chanson de geste  소(1)196
文樂  카187 전307
文言小說  하441 소(1)220 전341
문예부흥  세334-336 공173 공340 공341
　　공399-400 소(2)9-10 전87 전403 전405
문인서사시  동231
物語  하458 공452 문280 소(1)192 소(1)193
物語歌  동252
民歌  동245
民歌體 서사시  동229
民間文學  동230
민담  소(1)41 소(1)203-208 소(1)202-208
　　소(1)238 전334 전335
민요  세80 하331-336 민344-345
　　하349-350 하369-372 하385-388
　　하394-396 공103 공185 전107
민족서사시  동217 동298 동307 동318
　　동394 동397 동467 공350 공470 전133
　　전105-109 전134-138 전140-141 전151
　　전154-155 전287 전289 전291 전413
　　전414 전420
민족문학  세70-72 하13-24 공307 전472
　　전475 전498 전520

민족어시 하311-397 전113 전246-275
민족주의 공174 공247-248 공251 공420
　　공442 공463 공464 철385 전371
　　전398-427 전434 전490
민족해방 공113 공123 공306 소(1)260
　　소(1)262 소(2)19 소(2)84 소(2)344
　　소(3)157-183 소(3)260 전399 전486
　　전491 전518
민중소설 소(3)243 전424-425

## 2바

바디 badi 공47 공236 공237 공466 공467
　　전101
바르 var 전287
바보굿 feast of fools 카207 전308
박티 bhakti 공53 공92 공153 공158
　　공159-160 공161 공169 공260 공472
　　문346 문353 문355 문387 문395 문403
　　문428 문458 문459 철221 철293 전85
　　전202 전211 전213 전264
反소설 anti-roman 전388 전394
槃詩 철167 철172
발라드 ballad 전291
밤사 vamsa 공210-212 공218 공467
　　문245-248 문254 문302 문319 전188
坊刻本 소(2)186
俳句 하367 하368 공109 전261
俳律 공37
俳諧 하365 하367 소(2)129 소(2)130
　　소(2)131 소(2)257 소(3)20 소(3)21
白文詩 하303 하374-381 하327 하391-393
　　하395-396 공119 공250 전106 전107
白話小說 하438 하441 하459

소(1)220 전341
白話詩 하300 공98 공99 전260 전469
번역 하399-504 공181-182 공190 공215
　　공217 공288 공314-316 공356
　　공413-414 공424 공434
飜譯樂府 하289 하291 하292 하293 하294
　　하305 하306 전256
梵我一體 카154
범인서사시 동35 동40 동51 동101-109
　　동140-148 동169-171 동235 동243-250
　　동292 동471-493 공247 전151 전275
　　전279 전280 전283 전285 전286 전288
　　전292
베단타 Vedanta 공145 철100 철195-204
　　철281 소(3)142 전499
騈儷文 공47 공77 공81 문149 문152 전99
　　전104
騈文 공47 공48
변증법 세47-59 카28 하57-58 철107
　　철109 소(1)49-50 소(3)255-256
보편주의 세215 동310-313 동323-325
　　하435 공189 공218 공262 공310-311
　　공379 공410 공442 공461 공462 공464
　　문189-190 문224 문312 문401 문470
　　철385 전77-78
본풀이 동48-110 전280
賦 하78 문421 철132
賦(월남) 문422-문424 문425
婦女詞曲 동41 동151-174 전127
부조리극 전394
분라쿠 文樂 카187 전307
불교서사시 동383-384 전113 전133
不二論의 베단타 advaita Vedanta 공145
　　철281
佛統記 Chos'byung 전189

브라흐마요다 brahmayoda   철457
브일리니 byliny   소(1)250 전147
　　전289-290
비극   카48-163 동253 소(1)68 전48

## 2사

辭   문421
詞   하327
사가 saga   공452-454 공471 문315-318
詞腦歌   하337 하340-242
사상시   전57-69
사설시조   하366 공106 공111
私小說   소(1)227-228 전459 전461
사스트라 sastra   공139
史詩   동230-232 동252
사실주의   소(1)185-186 소(3)223
　　소(3)240-242 전382-383 전411-412
　　전421-423 전442 전443 전480
使者詩 duta poem   공138 공168 공173
史傳   소(1)215 전345
私傳   소(1)215 소(1)232 전344 전345
사키스 sakhis   전219
사회주의적 사실주의   소(3)241-244
　　소(3)241 전423-424 전471 전480
山歌   동245
散曲   하327
산문   공248 공258 공278 공465 철448
　　전69-78 전104-105 전371
산문체 금석문   문113 문116 문117 문136
　　문139-141 문152 문153 문154 문156
　　문166 문191-193
山水詩   철326-327
산스크리트연극   카5-220

상징주의   전391-392 전410 전450 전458
상층시   공275 공276
새로운 라틴문학 neo-latin literature 공400
새로운 이야기 navakatha   공215
生克論   세118 세393 세452-453 카5-260 동32
　　동338-341 동501-506 하56-59 하85-90
　　문466-468 철20-21 철433-434
　　철446-451 철476-492 소(1)13-33
　　소(1)41 소(1)50 소(1)202 소(3)224
　　소(3)256 전21-22 전126 전535-539
생극소설   소(3)259 소(3)262
생활서사시   동35 동51 동101-109
　　동140-148 동218-220 동243-250
　　동277-280 동283-284 동292 동471-493
　　공122 소(1)209 전127 전131-132
　　전276-277
샹송 드 제스트 chanson de geste
　　소(1)196
序   문145 문146 문148 문156 문157
서간체소설   소(1)242 소(1)243-247
서사극   카219
서사무가   동48-149 전280 전281
서사민요   동141-143 동271-273 전280
　　전284 전287 전291 전292
서사시   동5-506 공221 공255 공258
　　공298-303 공336-338 공349-351
　　공361-362 공416 공427 공467-471 공473
　　문197 문206 문441 소(1)47 소(1)62
　　소(1)209-211 소(1)250 소(1)251
　　소(1)259-260 전26 전30-34  전35-49
　　전112-113 전127-156 전275-292 전336
　　전337 전379 전413 전414 전420 전475
　　전496 전532
서정시   세81 카138-139 하320-327
　　하341-345 공258 공329 공362 공340

공354 공375-376 공408 공432 공466
　　공467-468 공473 문457 전57-69
　　전89-109 전388-394 전499 전502
說理詩 철325
禪詩 전209
說唱 동235 동242
說唱서사시 동231
설화 공244 소(1)41 소(1)203-208
　　소(1)202-208 소(1)282-283 전335
성자서사시 동51 동100-101 동138-140
　　동413 동471-493
성자전 공259-260 공327-328 공333 공352
　　공358-360 공363-364 공390 공427
　　문238 문325-410 철205 전194-214
聖典 동155-160
세자라 sejara 문318
세치 seci 소(1)260
소설 세370 동497 하438-504 공12-13 공99
　　공215 공249 공285 공290 공295 공304
　　공416 공418 공419 철422 전114
　　전333-369 전371 전378-388 전399-400
　　전408 전410 전412 전414 전415 전416
　　전417 전418 전419 전421-424 전425
　　전426 전430 전432 전435 전438 전440
　　전442-442 전452-453 전456-457
　　전459-461 전462-463 전463-464
　　전466전470-471 전479-480 전482-483
　　전487-489 전492-493 전494-495
　　전496-497 전502-506 전508 전509-511
　　전512-513 전515 전519 전521
　　전526-533
小說 하477 소(1)41 소(1)191-195 전333
小說古談 소(1)192
小樂府 하289
소오시 草子 하458

笑謔之戱 카199
小戱 카189 전304
속담시 문437-438 전222
俗樂歌詞 하394 문411
洒落本 하459 하480 소(2)131
쇼오세츠 小說, shōsestu 소(1)195
쇼트 스토리 shory story 소(1)197
　　소(1)199 전355
수브하시트 subhasit 공219 문438 전223
순수한 산문 공278
스타리니 stariny 전289
스토트라 stotra 문432
시가 공465 공466
詩經體 노래 하315
시라 sira 전284
시르 탈리미 shir talimi 문441 전224
시민극 drame 카207 전313
시민소설 소(2)245 소(3)67 소(3)204
　　소(3)205 소(3)207 소(3)208 소(3)215
　　소(3)223 소(3)243 소(3) 262 전380
　　전381 전384 전385 전421 전425
시민-민중소설 소(3)204 전380 전381
　　전382 전384
신령서사시 동51 동112 동235 동471
신명풀이 카7-268 전297-302 전305 전307
　　전308 전309 전517
신성문학 kambi- 공236
신소설 nouveau roman 소(1)75
　　소(3)224-226 소(3)231 소(3)237
　　소(3)259 전388
신앙비판서사시 동34 동51 동52-57
　　동112-114 동140 동169 동189
　　동471-493
신앙서사시 동51 동52-57 동12-114
　　동152-160 동175 동198 동291

동471-493 공120 소(1)209 전26 전28
　전29 전30 전31 전39 전127
신앙시　전57-69
神謠　동152-155
神人不合　카67 카152 카163 카171-174
　카183 전95
神人合一　카67 카75 카156 카159 카163
　카171-174 카183 카186 카191-195
　카201-202 전95 전302 전312
신화　동178 동187-188 동195 동262-268
　동291 동360-367 동429-430 동493-494
　문204-205 철61-65 소(1)202-203
　소(1)208 소(1)283-285 전24-26 전30
　전35-49 전59 전334 전335 전405 전409
　전533
神話長詩　동230
신희극 new comedy　카66-67
實錄　문235-236
室中對機　문388
心身人物　하55-56 문414 문459 전215-216

**2아**

아가마 agama　공139
아다브 adab　공48 공236 공382 공466
　문253 전100 전104
아야고　동176-178
아이누 유카르 ainu-yukar　동152
　동160-174 전26 전127
아크히안 akhyan　전286
아타카타 atthakatha　공199
아트마비디야 atmavidya　철457
樂府　동239-242 하282-286 공95
樂府詩　동242 하282-307 공94-95 공401

전256-258
樂章　동186 동395-396 하364
안다르즈 andarz　전224
알레고리 allegory　전314
애정비극서사시　동379
애정서사시　동105-109 동141-142
　동169-171 동218-220 동380-383 전127
　전132 전276 전277
애정정치장시　동230
야감 yagam　공217
野談　공94 문399
野史　문399 전187
야-자윈 ya-zawin　공218
語錄　철84
언문소설　하478
언문풍월　하358-359
諺飜傳奇　하479 소(1)192
諺稗　소(1)192
에다 edda　공445 문310-312
에스퇴르 estoire　소(1)196
여성서사시　동219
여성소설　소(2)145 소(2)201 소(2)224
　소(2)225 소(2)245
여성영웅서사시　동51 동63-66 동125-134
　동209 동396-399 동471-493 전46 전129
　전154-156
여행기　전191-194
여행기 rihla　전194
역사서　공215 공241-243 공288-289
　공326-327 공346-347 공349 공362-363
　공387 공390 공453 문195-324 전53-57
　전175-191 전415 전499
역사소설　하488 하489 전341 전341 전410
　전412 전414 전436 전480
역사 카비야-kavya　문241-242

連歌　하365　하366　하367
연극　카5-268　소(3)236　전47　전38-49
　　전293-313　전394-395　전401　전405
　　전410　전411-412　전422-423　전426
　　전431　전531　전443-444　전455-456
　　전458　전470　전480　전484-485　전493
　　전516-517
연대기 Lo rgyus, dutr　전189
演音　하444
演義　하484　하500　소(1)191　소(1)192
　　소(1)220　전341　전343
燕行錄　공74
列傳　문218　문227　문228　문370　문395
　　소(1)214　소(1)215　소(1)221　소(1)222
　　전207　전211　전342　전343　전346
영리적 출판　소(1)132-134　소(1)212-227
　　전371　전378
詠史詩　공187　공218　공220　공338　공467
　　문197　문238　문240　문241　문244　문245
詠史樂府　동243　하289　하290　하291　하294
　　하305　하306　공95　전256　전280
英雄詞曲　동38　동160-174
英雄史詩　동230-231
영웅서사시　동51　동63-96　동125-138
　　동160-174　동176-178　동208-218
　　동235-239　동261-262　동276-277
　　동282-283　동291-302　동304-313
　　동313-327　동360-379　동391-406
　　동407-413　동418-422　동441-447
　　동448-457　동471-493　공120　공122
　　공163　공247　공268　공387　공421
　　공445-447　공469　문400　전29　전39-46
　　전127　전128　전130-131　전134-138
　　전140-141　전141-145　전147-150
　　전275-276　전282-283　전285　전288

영웅소설　하488　하489　소(1)216
영웅시　세300-301　동255　소(1)196
영웅전설　공451-452
영화　카29-45　카222-260　소(3)236
예술가소설　소(3)205　전381
예찬시　동183　동259　동493　동395　공233
　　공258　문206　문432
吳歌　동244
오락문학 Lpan-　공226
오모로　동179-187
오이나 oina　동155-160
와카 和歌　동195　하345-368
와양 쿨리트 wayang kulit　카185-187
　　전301　전302-304
왕권서사시　전39
왕권신화　동262-268　전39
왕조서사시　전113
王統記 rGyal rabs　전189
요미혼 讀本　하459-460　하480　하482　하483
　　하484　하498　하499　소(1)193　소(1)221
　　소(2)130　소(2) 172　전343
寓言　철85　철90　철108　철10　철390　전71
　　전314-332　전496
우텐지 utenzi, uten야　공298　공302　전142
우파니야 upanya　소(1)200　전362
우화　공142　공338
우화시 fabliau　소(1)196
元曲　전304-305　전306
원시　동472-476　공446　공469　문400
　　철61-65　전23-34
원시서사시　동472-476　공446　공469
웬타라프 유카르 wentarap yukar　동169
僞經　공360
琉歌　공11-165
유교서사시　전133

遊女列傳  소(3)20
遊女評判記  소(3)20
유물변증법  세309-324 세392 하58
　　소(1)24-25
유물사관  세31-356 세374-377 소(2)18
流配歌辭  문414
유카르 yukar  동38 동41 동151-174 공57
　　공122 문206 전26
유희요  하312
肉談風月  하293
율격  하311-397 공258 공275 공298 공334
　　공374 공448-449 문422-423 전89-92
　　전105-109 전451
율문 모험소설 roman d'aventure  소(1)196
율문소설  동279-280 하296 하394 공112
　　공474 소(1)201 소(1)209 소(1)250
　　소(2)145 전344 전482
율문체 금석문  문113 문116 문117 문136
　　문139-141 문152 문152 문154 문156
　　문162 문166 문191-193
律詩  하341 하342 공47 공77 공382 공466
　　공467
隱逸歌辭  문414 문423 전216
陰陽  세113-114 철64 철66 철68 철72-73
　　철79 철85-86 소(1)24
應製詩  하253-259
의식요  하312
의적서사시  전282-283
理氣  카201-203 하54-57 하127 하431-432
　　철211-212 전86
理神論 déisme  철431-434
理學  하53 철128
이티하사 itihasa  공139 공140
이행기소설  소(1)212 소(1)224 소(1)212
　　소(1)258 소(1)260 소(3)58-78 소(3)116

　　소(3)204-207 전333-369
인문주의 humanism  공399-400
人情本  하459 하480
인정소설  소(3)17
인형극  전295-296 전455
일반본풀이  동48-110
일부다처소설  소(3)15-48
逸士小說  소(1)216
臨終偈  문389-390

## 2자

자기중심주의  세215 문401 전35-36 전46
　　전77
자서전  소(1)233-234
자연주의  소(3)216-217 전384 전425
자이나교서사시  동401-403
자잘 zajal  전284
자힐리야 Jahilyyah  공233
작가소설  소(2)143 소(2)226-227 소(3)205
　　소(3)208 소(3)213 소(3)223 소(3)243
　　소(3)259 소(3)262 전381 전386 전425
잠언 epigram  공401
잡가  하366
雜劇  카185 카187 카190 카195 카199-200
　　카211 전304-305
장식적 산문  공278
장편민가  동230
장편서사민가  동230
장편서정민가  동230
才子佳人書  하447 하499
淨琉璃  전307
傳  소(1)193 소(1)213-215 소(1)222
　　소(1)223 소(3)261 전338 전339 전340

전342 전344 전345 전346 전347 전350
　전360 전367 전368 전482 전532
傳奇　카187 카190 소(1)191 소(1)192
전기근대 early modern　소(2)13 소(2)14
傳奇小說　하459
傳喃　하443-445 소(1)194
傳喃博學　하443-444 하460 하480 하482
　하483 하498 하499 소(1)194 소(1)221
傳喃平民　하443-444 하460 하483 하489
　하499 소(1)194 소(1)221
傳燈錄　전208
전설　공416 공418 공451-452 문337
　소(1)41 소(1)203-208 소(1)202-208
　전334 전335
傳-소설　소(1)220 소(1)231 소(1)258
　소(1)285 소(2)194 전346 전348 전349
　전350 전357
田樂　전306
傳冊　하483 하486 하498 하499 소(2)150
　소(2)151 소(2)186
絶句　하341 하342 하343 하344 공47
正史　전187
町人物　소(2)258
정치시　공334
제왕서사시　전153
조루리 淨琉璃　전307
종교개혁　공424
朱子學　하426 하431-434 철31-350
중간 산문　공278
중세기독교연극　카182-183 카209-210
중세　세86-89 세173-174세212-216 세219
　세330 세385-388 카167-176 하71-85
　하91-191 하225-238 공11-39 공76-78
　공182 공368-369 공401-402 문469-473
　철131-365 전79-232

중세서사시　동125-138 동181-187
　동208-218 동291-302 동304-313
　동313-327 동391-406 공300 전127-156
　전284 전285
중세에서 근대로의 이행기　카167-176
　하366-367 공93-98 공112-114
　공160-163 공195 공463-474 공364-365
　공400-403 공438 공465-474 공473-474
　문239-240 문402 문469-473 철367-451
　소(2)9-364 소(1)87-95 소(1)211-212
　소(2)9-116 전114 전233-369
중세인도연극　카5-220
중세전기　공81 공102 공145 공157-158
　공161 공177-178 공463-474 공465-474
　문401-402 문441 문457 철131-217
　전79-85 전111 전115 전122 전124
중세화　공36-39 전127-156
중세후기　하365-326 공82-93 공102 공145
　공157-158 공161 공177-178 공184
　공193 공201-205 공218-219 공225
　공240 공260-261 공463-474 공336
　공363 공390 공394-399 공410
　공465-474 문188-190 문313 문319
　문401 문413 문421 문428 문441-423
　문450 문458-461 문461-463 문458-460
　철219-365 전85-88 전112 전115 전122
　전124
志　소(1)215
志怪　소(1)191 소(1)192
地方戲　공99
지배관료집단소설　소(3)243 전425
지식 탐구록 talab al-ilm　전194
地下連歌　하365
진서소설　하478
진화론　세278-304

## 2차

차바크 포위 Szabacs viadala  공격 공427
爨文詩  동195 하374 공121
찬미가  공328 공374 공407-408 공432
　　공467
참 cham  카188 전304
창세서사시  동51 동57-63 동114-125
　　동155-160 동198-208 동291 동361-367
　　동379-380 동422-431 동431-441
　　동471-493 공120 공446 공469 전29 전31
　　전32 전33 전34 전39 전40 전41 전42
창세신화  동291 동302-303 동360-366
　　공120 공122
天人合一  카159-160 카186 문37 철63
철학  철3-504 전395-396 전499
철학시  철18 철131-217 철325
清宮滿文詩  하372 하373 하395 공117
　　전107
체오 cheo  전305 전484
草子  하458
초현실주의  전393
祝詞  동256 동258
祝言  동271
출판인소설  소(2)143 소(2)226-227
七言絶句  전100

## 2카

카나소오시 假名草子  소(2)174
카담바리 kadambari  소(1)200 소(1)268
　　전324 전362
카리시 karisi  동419
카비야 kavya  공47-48 공138-140 공142

공143 공147 공148 공160 공161 공181
공212 공214 공236 공382 공466 문132
문134 문136 문138 문241 전96-97
전100 전104 전158 전264
카시다 qasida  공233 공258
카이 루옹 cai luong  전484
카카윈 kakawin  공181 공185
카타르시스 catharsis  카5-268 전48-49
　　전297 전298 전307 전309 전431
켄토 cuento  소(1)197
코메디아 델 아르테 commedia dell'arte
　　카208 전308
콘 khon  카189 전304
콩트 conte  소(1)196 소(1)197
크파프 cpap  문438-441 전223-224
키둥 kidung  공185
키사 qissah, kisa  동497 공245 공285 공304
　　공474 소(1)199 소(1)252 소(1)253 전284
　　전333 전355
키사 카시라흐 qissah qasirah  소(1)199
　　전355
키타브 kitab  문254

## 2타

타마사 tamasa  카214 전300
托傳  소(1)214 소(1)215 소(1)232 전345
彈詞  동242 동245 소(2)138 소(2)144
탈춤  카5-268 전293 전296-297
통속소설  소(1)117 소(2)143 소(2)240
투옹 tuong  카186 카200 전305-306 전484
트레노스 threnos  공329
티에우-투에트 小説, tieu-thuyet  소(1)195

## 2파

파다스 padas   전219
파담 padam   전267
파디아바르타 padyavarta   전286
파르롬 로크 pralom lok   소(1)201
파블리오 fabliau   소(1)196
파바다 pavada   공163 전287
판글리 푸르 소설 panglipur wuyung - 소설
　소(1)264
판소리   카29-45 동143-146 하366 공106
　전281-282
판툰 pantun   공286-287 전273
팔리 pali   공199
팔사파흐 falsafah   철455-456
稗官小說   소(1)192
稗史   하459 소(1)191 소(1)193 전343
稗說   문399 소(2)183
平曲   동271
포스트모더니즘   세11 세39-40 세34 철449
　철467 전375
풍자시   공264-265
표 pyo   공217
프라반드하 prabandha   전287
프라사스티 prasasti   문136 문138
프라카라나 prakarana   카93
프로스 픽션 prose fiction   소(1)96
프리야이 소설 priyayi-   소(1)264
필라이트타밀 pillaittami   전266
필사본   소(2)120-124 소(2)157-158
　전338

## 2하

하디티 hadithi   공304
하디트 hadith   문252
하이카이 俳諧   하365 하367 소(2)129
　소(2)130 소(2)131 소(2)257 소(3)20
　소(3)21
하이쿠 俳句   하367 하368 공109 전261
하층시   공275 공278
한문서사시   동147-148
한문소설   하481-481 공108 소(2)187
한시   카103 하243-309 하315-328 철330
　소(2)286 전256-259
限定不二論의 베단타 visitadvaita Vedanta
　공145 철281 철372
合卷   하459 소(2)134
海槎錄   공74
行狀   문395397
鄕歌   동195 하329-339 한391-393
　한395-396 공102 공449 문412 전106
　전107
헤이쿄쿠 平曲   동271동271
헤카야 hekaya   공304
현대   전376-377
好色物   소(2)258 소(2)259
혼인애정장시   동230
和歌   동195 하345-368 하391-394
　하395-396 공102 공106 공107 공108
　소(3)20-21 전106 전107 전115
話本   소(1)191 소(1)192
활 노래   동404
활판본   소(1)205-212 소(2)206-207
　소(2)226 전338
黃表紙   하459 소(2)130 소(2)131
효행서사시   동141 동143

휴머니즘  소(3)217-218
戱家說  하484
희곡  카48-220 공98 공138 공249-250
　　소(1)104 전47 전95-96 전114
　　전394-395 전405 전410 전411-412
　　전422-423 전426 전431 전531
　　전443-444 전455-456 전458 전470
　　전480 전484-485 전493 전516-517
戱作  하458 하459 하480 하498 소(1)192
　　소(1)193 소(1)194 소(1)221 전342
戱作樂府  하293 하305 하306 공97 전256
　　전258
히카야트 hikayat  동459 동491 동497 공288
　　공289 공474 문300-301 소(1)199
　　소(1)252 소(1)260 소(1)262 전284 전333
　　전360 전368 전512
히크마흐 ikmah  문253 철455-456
힌두교서사시  동413

# 3 누구가

## - 작가, 전달자, 인물, 문학담당층

### 3가

가르시아 마르케스 Gabriel Garcia
    Marquez 소(3)152-157 전332 전441
    전442-443
가르실라소 Garcilaso 소(1)233
榎本其角 소(2)129 소(2)131
歌人 공104 공107
가잘리 Ahmad Ghazali 공259 철222 철267
가잘리 al-Ghazali 공178 공240-241 공254
    공255 공258-259 공395 문65
    문348-349 문395 문442 문459 철219
    철222 철224 철225 철227 철252-280
    철351 철354 철356 철359 철379 철446
    철450 철455 철479 철487 철491
    소(1)22-23 전215 전224
歌川廣重 소(2)129 소(2)131
嘉禾餐花主人 소(2)138
가히니 Gahini 공152-153
覺世稗官 소(2)139
覺訓 문379 전207
간디 Gandhi 문362
갈리브 Ghalib 공278 전271
감보아 Federico Gamboa 전440
姜敬愛 소(1)206 소(2)155 소(3)158-162
    전480
江島其磧 소(2)128 소(2)131 소(2)134
姜璲桓 문240

강용흘 Younghill Kang 세246
康熙 하301-302 하372 공117
皆川淇園 하291
芥川龍之介 전461
乾隆 하292-293 하301
建部綾足 하462
게네시우스 Genesius 공326
게농 René Guénon 세31-32
게오르기우스 Georgius 공327 문279
季羨林 세409
桂井蒼八 하293 전258
고골리 Gogoli 소(1)251 소(2)204 소(3)238
    전290
高橋健一 세22 세363-364 철52
高國藩 동230
古堂天放道人 소(2)138
고디머 Nadine Gordimer 전438
고라카 Gorakha 공152
고르비노 Gorbineaud 세278
고리키 Maksim Gorky 소(3)121 소(3)182
    소(3)183 소(3)238 소(3)241 소(3)242
    전423
고바르 Ghulan Muhammad Ghobar 전499
고빈드 Gru Gobind Singh 전287
孤山小隱 소(2)138
姑蘇痴情士 소(2)139
古杭絶絶生 소(2)139
古稀逸田呂叟 소(2)138

顧春　소(2)137 소(2)138 소(2)144
曲亭馬琴　하451 하460-476 하480 하482
　　공113 소(1)192 소(1)221 소(2)128
　　소(2)132 소(2)133 소(2)163 소(2)172
　　소(2)223 전342-433
골드만 Lucien Goldmann　소(1)68-76
골든버그 Leah Goldenberg　전496
곰브로비치 Witold Gombrowicz　전419
空谷老人　소(2)138
孔子　하170 문11 철69 철98 철108
　　철331-333 철415 전58 전70 전71
空也軒一夢　소(2)135
郭友松　소(2)137 소(2)138 소(2)139
觀阿彌　공107
菅原眞道　공86
管子　철108
關漢卿　전305
狂歌堂　소(2)135
광대　동143 동145 공153 공416 문293
光中　소(2)63 소(2)347
괴칼프 Ziya Gökalp　전449
괴테 Johan Volfgang von Goethe　세160
　　세183 공425 철436 소(1)230 소(1)246
　　소(2)41 소(2)42 소(2)202 소(2)215-219
　　소(2) 223 소(2)290 소(2)295 소(3)56
　　소(3)71-75 소(3)92 소(3)110 전251
　　전313 전353
具康　문417
狗狗山人　소(2)135
구루루고미 Gurueugomi　공214
鳩摩羅什　철143 철144
구베르나티스 Angelo de Gubernatis　세20
　　세77-83 철50
久邊國主 李獲　하218-220
邱心如　소(2)137 소(2)138 소(2)144

瞿佑　하439
구이엔 Nicolas Guillen　전444
구텐베르그 Gutengerg　소(2)205
國巫　동179 동186 전42
屈原　하277 하278 하279 하436 철341
궁정문인　공78 공137 전94 전97
궁정시인　공157 공223 공233 공255 공258
　　공386 전101 전158 전265
權近　하253 하258 하259 하260
權變　소(2)181
귀족　소(1)101-102 소(2)23-77 소(2)188
　　소(2)189 소(2)248-249 소(2)251-256
　　소(3)238 전235-236
귀족과 시민　소(2)262-302 소(2)315-339
　　전235-236 전371
귀족·시민·민중　소(1)42 소(1)50 소(1)73
　　소(1)95 소(1)101-102 소(2)23-77
　　소(2)10-116 소(2)247-364 소(3)203-213
　　소(2)246-364 전380
귀족노예 aristocratic slavery　소(2)99
均如　하334 하337 하415 공449 철163
　　철174
그랜트 George Grant　전434
그레고리 Grégoire de Nark　공349
그레고리우스 Gregorius de Nazianzus
　　공323-324
그레고리우스 Gregorius, Grégoire le
　　Grand　공380
그로티우스 Hugo Grotius　공403 전248
그룬트비히 Grundtvig　전409
그리멜스하우젠 Grimmelshausen
　　소(1)241-242 전351
그리스인 막심 Maksim Grek　공356
그리카스 Michael Glykas　공336
根本武夷　하462

近松門左衛門　전307
琴通舎英賀　소(2)129 소(2)131
奇大昇　철326 철335
기도하는 사람 oratores　공391 소(2)32
騎士　공391
氣象天業　소(2)135
기외르기 베세니에이 György Bessenyei
　　공429
길모어 Mary Gilmore　전435
길버트 Kevin Gilbert　전436
吉川英治　전457
金大問　문379 전207
金鑢　동146 동241-242 하290 공95-97
　　소(2)179 전256
金萬重　세224 동146 하482 철341 철447
　　소(1)114 소(1)115-136 소(1)180
　　소(1)181 소(2)146 소(2)150-151
　　소(2)183 소(3)19 전339
金富軾　공157 문11 문232 문233 전187
金三賢　하343
金聖嘆　소(1)192
金素月　전478
金壽民　문240
金時習　세224 카202 하439 철92 철167
　　철173-194 철210 소(1)219 소(2)179
　　전338
金祐鎮　전480
金麟厚　철326 철328 철335
金仁謙　전260
金長生　소(2)179
김지견　철173 철178 철181
金集　철335 소(2)179
金春澤　철341 소(1)119
金弼奧　문156 전164
김희보　세23 세411-422 철53

껌찟　소(2)243 소(2)244

### 3나

나가르주나 Nagarjuna　공144 공145 공255
　　문377철132 철141-160 철165 철166
　　철167 철184 철185 철194 철195 철209
　　철211 전93-94 전97 전117
羅貫中　소(2)137 소(2)138 전341
나나크 Nanak　공163 전265
나딤 Nadim　공250
나라이 Naray, Narai　동384 공221 전278
納蘭性德　하302
나바이 Navai　공273
羅浮散客　소(2)139
나브나히 al-Nabhani　문79
나살리인차오케투 Na Salyinchaoketu, 納
　　賽音 朝克圖　전475-476
나세르 Nasser　공248 소(2)95
나이폴 V. S. Naipaul　전446
니즈호프 Martinus Nijhoff　전408
나지르 Nazir　전271
나짜그도르즈 Natsagdorj, Nazagdordsh
　　전476
낙슬라 Rasi Naxla　공251
樂亭西馬　소(2)129 소(2)131
蘭陵笑笑生　소(2)139 소(2)142 소(3)19
　　전341
南陵風魔解元唐伯虎　소(2)139
남말바르 Nammalvar　공171 문357
　　철133-313 철281 철294 전117
南武野蠻　소(2)139
남성과 여성　소(1)42 소(1)93-99
　　소(1)101-102 소(3)9-107 소(2)223-225

소(3)9-1079 전380-381
南永魯  소(2)146 소(2)151 전339
남 카오 Nam Cao  소(2)343-350 전483
浦慧珠女士  소(2)139
낫트 린 Nhat-Linh  전482
내쉬 Thomas Nashe  소(1)241 전351
內新好  소(2)129 소(2)132
冷情女史  소(2)139 전331
冷血生  소(2)139
네딤 Nedim  공278
네루다 Pablo Neruda  전441
네빌 Henry Neville  전319
네스토르 Nestor  공359 문308-309 문344
　　전180 전199-200
네토 Agostinho Neto  전526
노동자  전238
노로 祝女  동270
노비  소(2)49 소(2)67 전234
老舍  소(1)225 전471
盧思愼  하210-21
魯迅  소(1)225 전468
노예  소(2)93 소(2)99 전234
老子  철100 전71
盧照隣  하352
鹿野武左衛門  소(2)129 소(2)131
농노  소(2)33-34 소(2)178 전234
농민  소(2)33-35 소(2)49 소(2)88-89
　　소(2)94 소(2)188 소(2)316-332 전234
賴山陽  하291 하292 공95 전258
누아임 Abu Nuaym  문347
누와스 Abu Nuwas  세151 하321 공48
　　공49 공237-238 공254 공382 공466
　　문441 전101
뉴턴 Issac Newton  전247
느제고스 Njegos  전415

熊大木  소(2)137
凌濛初  소(2)137 소(2)138 소(2)139
니금 Ahmad Fuad Nigm  공250
니미시이티 Nimixiyiti, 尼米希依提  전474
니체 Friedrich Nietzsche  전395
니키티나 М. И. Никитина  세343

## 3다

다기오 Amador Daguio  소(1)275 전515
다마드 Mir Damad  철380
다비디아다 Davidiada  전254
다스굽타 Dasgupta  철458
다윈 Charles Darwin  세279-280
多田南嶺  소(2)129 소(2)131 소(2)134
단눈치오 D'Annunzio  전387
단딘 Dandin  전96
단마리나 Wali Danmarina  공293
段寶林  동230
段氏點  하294 문525 전262
段義宗  하272 하375 공85 공118
단테 Dante Allighieri  세142 공230
　　공409-412 공435 공437 공472 철226
　　철227 철239-252 철263 철271 철487
　　소(1)52 소(1)251 전124 전225
　　전231-232
달랑 dalang  전303
담마세나 Mahathena Dhammasena  공214
淡海子  소(2)135
答黑麻  하260
당맨신방  동49
唐宋八大家  전113
唐蕘等  하248
對鏡狂呼客  소(2)139

대너이 Michel Danahy, The Feminization of the Novel 소(1)93-93
大沼枕山 하291 하292
大田南畝 하293
戴震 철396 소(2)57 전240
데리다 Derrida 철470
데바다타 Devadatta 공161 전264
데본 Günther Debon 세223
데브코타 Laksmiprasad Devkota 전507
데비앙 Jean-Paul Desbiens 전434
데어 포겔바이데 Walther von der Vogelweider 공423
데오도릭 Theodoric the Ostgoth 공372
데오둘프 Theodulf 공50
데카르트 Descartes 철447 철449 철467 철485 철486
테치카르 Vedanta Tecikar, Vedanta Desika 문432-433
데포 Daniel Dafoe 소(3)56
島崎藤村 소(1)227 소(2)70 소(2)316-322 소(2)331 소(2)332 소(2)333 소(2)334 소(2)336 소(2)337 소(2)338 전460
도네라이티스 Kristijonas Donelaitis 전253
陶德臻 세409
도르프만 Ariel Dorfman 소(2)355-357
桃林堂 소(2)129 소(2)131
道宣 문372 전207
도스토예프스키 Dostoyevsky 소(1)205 소(3)117-121 소(3)175 전421
陶淵明 공79-80 공81 공91 전98
道原 철161
屠隆 소(3)19
도이치 Eliot Deutsch 철26-27 철46-50 철57-58
도학자 공92 철221

獨醒人 소(2)139
돈미삼보타 Thom-mi-sam-bhota 공190
東魯古狂生 소(2)139
董仲舒 철215
두닌-마르친키에비치 Dunin-Marcinkievic 전426
두디 Margaret Anne Doody 소(1)83-84
杜甫 하321 하322 하325 하329 하427 공47 공81 공466 문441 전99-100
둔 Olav Dunn 전412
뒤 가르 Martin du Gard 소(2)290 소(2)312-315 소(2)338
뒤랑 Maurice Durand 세204 세255
뒤마 Alexandre Dumas 소(2)223
드링크워터 John Drinkwater 세21 세130-138 철51 철57
藤原信實 소(2)129 소(2)131
藤井懶齋 소(2)128 소(2)131
鄧陳琨 하294
鄧志謨 소(2)137 소(2)138
디드로 Denis Diderot 세249 공419 철369 철435-439 철444 철445 철463 철477 철485 소(1)23 소(1)97 전240 전244 전313
드라이저 Theodore Dreiser 전430
드라치 Ivan Drach 전426
드홈흐나일 Nuala Ni Dhomhnail 전407
디아코노스 Leon Diaconos 공326-327
디오프 David Diop 전524-525
디월드 Jonarhan Dewald 소(1)102-103
디킨드 Charles Dickens 소(1)248 소(1)249 전382
디포우 Daniel Defoe 소(1)247 전354
디피에로 Thomas DiPiero 소(1)96 소(1)100

딜타이 Wilhelm Dilthey 소(3)110

## 3라

라나스갈레 테라 Ranasgalle Thera 전221
라니니 a'r Ranini 공288
라다크리슈난 Radahakrishnan 철370
　철371 철458
라드케 Anna Elisa Radke 공405
라 로슈 Sophie La Roche 소(2)201
라 로슈푸코 La Rochfoucauld 소(3)59
라뤼엘 François Laruelle 철464 철466
　철469-472 철475
라마난다 Ramnanda 공154 문358 철298
라마난토아니아 Ramanantoania 공306
　전518
라마누자 Ramanuja 동406 공53 공144
　공145 공154 공158 공171 공178 공255
　공258 공395 문358 문395 문432 문442
　문459 철100 철194 철205 철219 철222
　철224 철225 철227 철280-311 철351
　철354 철356-357 철359 철446 철450
　철479 철487 철491 소(1)22-23 전117
　전215 전219
라마 1세 Rama- 공220
라마크리슈나 Ramakrishna 문361
라베아리벨로 Rabearivelo 공306 전518
라블래 Rablais 공418 철390-396 소(1)64
　소(1)66 전244 전320-321
라스 J.-J. Ras 세256
라시느 Jean Racine 공419 소(1)68 전310
라오니코스 Laonikos 공332
라우 캄험 소(2)242-243 전464
라이 Dhanpat Rai 소(1)153

라이 Nawab Rai 소(1)154
라이샤워 Edwin Reishauer 하62
라주 P. T. Raju 철26 철39-41 철56-57
　철370 철371
라클로 Laclos 소(1)245 소(2)199 소(3)56
　소(3)67-70 전352
라트스 Erwin Laaths 세22 세182-188
　철52
라티노 Brunetto Latino 문451
라 파예트 부인 Madame de la Fayette
　소(1)98-99 소(1)245 소(3)56
　소(3)58-63 전352
락스네스 Halldor Laxness 전413
랄로 Léon Laleau 전446
람캉행 Ramkhangheng 공218 문187-188
　문436 전173-174 전222
랍비 rabbi 전76
랑 Ludwig Lang 세67
랑케 Leopold von Ranke 세59-60
랭보 Arthur Rimbaud 전391
레 Marc-Michel Rey 소(3)64
레게 P. S. Rege 전501
레비 Lévi 카66
레스티프 Restif 철418
레어드 Charlton Laird 세22 세242-246
　철52
레오 Leo, saint Leo 공380
레오 4세 Leo- 공323
레오 13세 Leo- 공404-405
레이몬트 Wladyslaw Stanislw Reymont
　전419
레인 William Lane 소(2)196
레투비스 Mikolas Letuvis 전253
렌드라 W. S. Rendra 전511
로고테테 Pachomius Logothete 공362

로너간 Lonergan 철468
로드 Lord 동254
로렌스 D. H. Lawrence 소(3)57 소(3)87-90
로렌스 Margaret Lawrence 전434
로리 Guillaume de Lorris 문451 문452
　전230
로버트 Shaban Robert 공304 전519-520
　전527
로티 Rorty 철467
로페 Lope de Vega 전311
롤랑 Romain Rolland 문362 소(3)125-129
　전385-386
롤리에 Frédéric Loliée 세21 세108-118
　철54
뢴로트 Lönnrot 전413
뢸리히 Wolfgang Röllig 세207
루마니으 Roumanille 전401
루미 Muhammad Rumi 공262 문444-445
　철267-269 철270 전120 전225-226
루소 Jean-Jaques Rousseau 세249 철420
　철477 소(1)23 소(1)94 소(1)233
　소(1)245 소(2)199 소(3)56 소(3)63-67
　전240 전352
루카치 Georg Lukacs 소(1)51-59
　소(3)115 소(3)213-221 전396
루크레티우스 Lucretius 철115-126 전64
　전64 전65
루터 Martin Luther 공424 소(2)200
　소(3)51
뤼뷔리크 Guillaume Rubruck 전193
르 고프 Jacques Le Goff 하33
르 사즈 Le Sage 소(1)242 전351
르투르노 Ch. Letouneau 세21 세284-293
　철51
리날도 다퀴노 Rinaldo d'Aquino 공396

철222
리 무탈리푸 Li Mutalifu, 黎 穆塔里甫
　전474
리잘 Jose Rizal 소(1)274 전514
리차드슨 Samuel Richardson 소(1)247
　소(2)193 소(2)214-215 소(2)197
　소(2)214-215 전354
리차드슨 William L.Richardson 세21
　세240-242 철51
리치 Matteo Ricci 소(2)206
리코보니 Marie Jeanne Riccoboni 소(2)198
리쾨르 Richoeur 카149
릴케 Rainer Maria Rilke 전392

## 3마

마나스치 Manasci 동326
마라게히 Maragheh'i 전358
마리보 Marivaux 세249
마라슈 Marrash 전326
마라친푸 Maraqinfu, 瑪拉沁夫 전475
마수드 Mohammad Masud 전456
마수디 Masudi 공242 문254 전181
마룰리치 Marulich 전254
마르크스 Karl Marx 세12-13 세31-324
　세181 세325-330 세374-377 세392
　세397 공215 문203 소(1)24 소(1)272
　소(2)19 소(2)26-27
馬鳴 Asvaghosa 동137 공137 문130 문329
　전97 전153
마야코브스키 Maiakovsky 전424
마이로니스 Jonas Maironis 전420
마이트레야 테라 Maitreya Thera 전221
마주라니치 Mazuranic 전415

마즈비다스 Mazhvidas, Mazydas  전253
馬志田好阿  소(2)129 소(2)131
마차르 Machar  전414
마즈라브 Machrab  공273-274 철368
　　철381-385 소(1)23 전239 전268-269
마케 Albert Maquet  전408
마티스 Adolphe Mattis  전401
마티스 Algert Matthis  전401
마하나마 Mahanama  공211 문247
마하비라 Mahavira  전73
馬學良  동230
마함마드 Sayyid Mahammad  전522
마흐푸즈 Mahfouz, Mahfuz  공245
　　소(1)256-259 소(2)98 소(2)230-233
　　소(3)146-151 전332 전492-493
막시무스 Maximus  공324
만 Thomas Mann  카42 소(2)42 소(3)125
　　소(3)130-133 소(3)134 소(3)179
　　소(3)208-211 소(3)237 전386
萬古恨  전330
晩窩翁  소(2)147
말라라미 malalami  공292
말라라스 Johan Malalas  공327 문306
말라르메 Stephane Mallarmé  전391
말레르브 Malherbe  전250
맘룩 Mamelouks  소(2)93
맘메리 Mouloud Mammeri  전487
매듀스 John Joseph Mathews  전433
梅暮里谷峨  소(2)129 소(2)131 소(2)136
매이시 John Macy  세21 세145-155 철51
　　철53
梅亭金鵝  소(2)128
맥니클 D'Arcy McNicle  전433
맥도날드 Alexander MacDonald,
　　MacMhaighstir Alasdir  전403

맥린 Sorley Maclean, Somhairle
　　MacGill-Eain  전403
맥카시 Michael H. McCarthy  철464
　　철466-469 철472-474
맥페르손 James Macpherson  전403
맥케온 Michael McKeon  소(1)90-93
맥켄지 A. S. Mackenzie  세21 세293-296
　　철51
맥켄지 John M. Mackenzie  세36
맨스필드 Katherine Mansfield  전437
멀간 John Mulgan  전437
메난데르 Menander (작가)  카66
메난데르 Menander (통치자)  공209 전75
메레아우 Sophie Mereau  소(2)201
메르시에 Louis-Sébastien Mercier
　　전323-324
메크툼쿨리 Mäkhtumquli  공274-275
　　전269
메츠 Gauthier de Metz  문451
메테르링 Maetherlinck  전408
메토디우스 Methodius  공355
멜빌 Herman Melville  전429
멤 우 진 Mem U Zin  전498
明太祖  하253-255
明惠  문384
모르간 Morgan  세281
모리슨 Toni Morrison  전432
茅坤  하448
모어 Thomas More  공400 철369
　　철386-390 철391 철392 철409 전246
　　전316-318
毛澤東  소(1)24
모파상 Guy de Maupassant  전384
모폴로 Thomas Mofolo  소(1)278 전367
木下順二  전458

48

몰리니에 Georges Moliné 소(1)84-87

몰리에르 Jean-Batiste Molière 소(1)104
전308-309

몽테뉴 Montaigne 철447

몽테스키외 Montesquieux 세249 철420
전322

묑 Jean de Meun 공395 문451 문452
전230

妙淸 문11

무관귀족 noblesse d'épée 소(1)68 소(2)39
소(2)187-188

무나바르 Muhammad ibn al-Munavvar
문349

무당 동49 동58 동127 동144 동172
동269-270 전26 전29

무디야라산 Mudiyarasan 전502

武林夷白主人 소(2)139 소(2)142

武林濟子淸原 소(2)139

武士 하366 하463 소(2)58-62 소(2)172
소(2)173-174 소(2)186 소(3)21

무산계급 소(1)74-75 소(2)339-340
소(2)348 전396 전424 전460 전471
전476

무식자 illiterati 공392

무야카 Muyaka 공304 전275

무와이리히 al-Muwaylihi 전326

무이스 Abdul Muis 소(1)261 전510 전510

무자디드 mujaddid 공240 철252

무질 Robert Musil 전385

무타납비 al-Mutanabbi 카175 하321 공48
공237 공239 공255 문441 전101-102

무타즈 Ibn al-Mutazz 전101

무트란 Khalil Mutran 전493

무함마드 Muhammad 공234 전77

무함마드 Ibrahim Taro Muhammad 공295

文康 소(2)137 소(2)138 소(2)140

문관귀족 noblesse de robe 소(1)68
소(1)99 소(2)39 소(2)187-188

聞得大君 동178 동184 동270 공115

文士 공85 소(2)73 소(2)287

문아바르 Muhammad ibn al-Munnavvar
공259

間魚女史 소(2)139

文會堂主人 소(2)129 소(2)131

물턴 Richard G. Moulton 세21 세139-144
철51 철58

뭇캇파 al-Muqaffa 문64

므로벨리 Leonti Mroveli 공352 문308
전178

므와미 mwami 동418

므웬고 Bwana Mwengo 공299 전143

美圖垣笑顔 소(2)129 소(2)131

미라바이 Mirabai 공159 문360

미르 Mir 공283-284 전271-272

미쉬라 Mishra 카69

미스트랄 Mistral 전401

미시리 팔라 Misiri Fallah 소(1)255 전356

미와르디 al-Miwardi 문64

미쯔키에비치 Mickiewicz 전419

미클라스 Miklas Ohlah 공402 전252

미투델로 Benjamin MiTudelo 전193

민중 소(2)339-363 소(3)238

민중·귀족·시민 소(1)42 소(1)50 소(1)73
소(1)95 소(1)101-102 소(2)23-77
소(2)10-116 소(2)247-364
소(3)203-213 소(2)246-364 전380

閔漬 하147

밀라레파 Milarepa, 米拉日巴 공191-193
문266-367 전206

밀튼 John Milton 세136 세142 공401

전247 전292

## 3바

바가라바트 Bagaravat 동410
바나 Bana 공140
바다라야냐 Badarayana 철282
바라타 Bharata 56-64 전95
바라타스빌리 Nikoloz Baratashvili 공354
바루디 al-Baru야 전491
바르네프리드 Paul Warnefried 문272-273
바르부르 John Barbour 전151
바움가르트너 Alexander Baumgartner
　　세21 세94-108 철51
바이런 George Gordon Byron 소(1)250
　　전388
바이센부르크 Otfrit von Weissenburg
　　공421
바이시아 vaisya 소(2)82 소(2)83
바이자이 Bahram Bayzayi 전455
바조브 Ivan Vazov 전417
바타 Premand Bhatta 공164
바타르 Bhattar 문432 철222 철294
　　철296-297
바투타 Ibn Battuta 공242 전194
바하이 Shaykhi Bahai 철380-381
바흐찐 Bakhtin 소(1)59-68
박경리 소(2)155 전481
博士 공86
박성의 세226
박완서 소(2)155
朴殷植 전331
朴仁老 문417 철227 철329-334 철335
　　철341 철343 철344 철369 철415-418

朴趾源 하345 하475 하481 철350 철391
　　철396 철398 철415-418 철430 철448
　　철448 철485 철488 철491 철491
　　소(1)19-20 소(1)23 소(2)57 소(2)66
　　소(2)150 소(2)341 전240 전243 전245
　　전327 전329-320
박티 bhakti 공53 공92 공153 공158
　　공159-160 공161 공169 공260 공472
　　문346 문353 문355 문387 문395 문403
　　문428 문458 문459 철221 철293 전85
　　전202 전211 전213 전264
班固 문221
반그델 Lainsingh Bangedel 전507-508
潘佩珠 하60 공113
潘輝益 하267
발레리 Paul Valéry 전392
발린트 발라시 Balint Balassi 공428
　　전252-253
발민키 Valminki 세111
발자크 Honoré de Balzac 소(1)248
　　소(1)249 소(2)290 소(2)296
　　소(2)302-312 소(3)56 소(3)207
　　소(3)228 소(3)229 소(3)258 전383
방데르레르슈 Léon Vandermeersch 하64
白居易 하321 하355
白光弘 문414
白鯉館卯雲 소(2)129 소(2)132 소(2)136
백철 세414
百花堂 소(2)135
버니 Fanny Burney 소(2)195
번얀 John Bunyan 세136 전315
范貴適 하448
法藏 철162 철164
法興王 공18-20
베데 Bede 공382-383 공432 문273 문275

문307 전176

베르가디스 Bergadjis 공340

베르디칸 Celadet Berdikhan 전498

베르디칸 Kamuran Berdikhan 전498

베르레느 Paul Verlaine 전391

베르아랑 Verhaeren 전408

베르코르 Vercors 소(3)184-187

베마나 Vemana 철373

베버 Georg Weber 세59

베버 Max Weber 소(2)26

베이간트 Weygand 소(2)216

베이컨 Francis Bacon 전319

베르바로아 Berbaroa 전501-502

베케스 Sherko Bekes 전498

베케트 Samuel Beckett 전394-395 전406

베토벤 Beethoven 소(2)42

베티 Mongo Béti 소(3)162-168 전529-530

벤 Gottfried Benn 전393

벤카타드바린 Venkatadhvarin 전262-263

벨래 Du Bellay 공401 전247-248

벨린스키 Belinsky 소(3)240

別源圓旨 공90-91

보들레르 Charles Baudelaire 카42 전390

보라지네 Jacobus de Voragine 문273
　　문337-342 철242 전200

보리스 Boris 공22

보마르세 Pierre-Augustin Beaumarchais
　　전309

보몽 Anne Elie de Beaumont 소(2)198

보알 Augusto Boal 전444

보알로 Niclaos Boileau 전250

보에티우스 Boethius 공380-381 철132
　　철133-141 전103

普愚 문389

보타 Anne C. Lynch Botta 세21

세235-240 철51

보테브 Khristo Botev 전417

복카치오 Boccaccio 공409 공412 소(1)204

本間久雄 동252

볼드위 James Baldwin 전432

볼테르 Voltaire 세146 세249 공419 철369
　　철418-435 철444 철445 철446 철463
　　철477 철485 철491 철491 소(1)23
　　소(1)143 소(1)242 전240 전242 전244
　　전322-323 전329

볼프 Eugen Wolff 세21 세230-234 철51

部落民 소(2)70

부르주아지 bourgeosie 소(2)40 소(2)41
　　소(2)50 전235

부르크하르트 Burckhardt 소(2)10

浮世喜樂 소(2)135

부오레라 Einari Vuorela 전413-414

北原秋白 전458

北村季吟 소(2)128 소(2)131

뷔르거 Bürger 소(2)50 전235

뷔르거툼 Bürgertum 소(2)41

브라마수트라 Brahmasutra 철282

브라만 brahman 공30 공135 공137 공140
　　철298 소(2)82 소(2)83 전69 전82

브라우닝 Robert Browning 세130

브란데스 Brandes 전412

브레테일 Geoffroy de Breteuil 공426-427

브레이텐바흐 Breytenbach 전439

브레히트 Bertold Brecht 카219 전394

브르통 André Breton 전393

브론테 Emily Brontë 소(2)197

브롬 H. B. Vroom 공403

브륀티에르 Ferdinand Bruntière 세83
　　세282-283

브륄레 Jean Bruller 소(3)184

브리사크 Ernst Breisach  문200-201
브리옹 Marcel Brion  세22 세267-269 철52
블라디미르 Vladimir  공22-24 공188
블레이크 William Blake  전250
블로델 Ferdinand Blaudel  하33-34
블로크 Marc Bloch  하33 공37
비델 Bidel  공267  전268
비드킨트 Widkind  공387
비디아카라 Vidyakara  문136
비디야파티 Vidyapati  공152
비베카난다 Vivekananda  전499
비예디외 부인 Madame de Villedieu
　　소(2)198
비루니 al-Biruni  공242 문255 전182
비베카난다 Vivekannanda  문361-362
　　전499
비야사 Viyasa  철282
비용 François Villon  공418 전249
비트겐슈타인 Wittgenstein  철470
琵琶法師  동260 동269 문281
비페르 Ю. Б. Виппер  세325
비하리 Bihari  공161 전264
費孝通  소(2)73
賓伽羅 Pingara  철143
빈델반트 W. Windelwand  철454-455
빈디쉬 Windisch  카66
빌라카지 Wallet Vilakazi  전523
빌마르케 La Villemarqué  전402
빌하나 Bilhana  문242-243 전153
馮夢龍  소(2)137 소(2)167

소(2)47-50 소(2)73 소(2)139 소(2)171
　　전84 전234
司空櫨  문281 문418
사나이 Sanai  공262 철270
사낭세첸 궁 다이지  문288 전190
士大夫  하365 소(2)52 소(2)52 전112
사도베아누 Mihail Sadoveanu  전417
사디 Sadi  공195 공265-266 문445-446
　　전120 전226
사드라 Mulla Sadra  철379-380
사라트찬드라 Saratchandra
　　Chattopadhaya  전504
사르바즈나 Sarvajna  철373
사르비에브스키 Sarbiewski  전253
사르트르 Jea-Paul Sartre  소(3)255 전395
士林  공92 공158 공260 공472 문353 문395
　　문403 문458 문459 전85 전211 전213
司馬光  하154 하169 문229 전185
司馬遷  문127-129 문210 문214-219 문225
　　문395. 전53 전53 전54 전55 전56 전64
　　전185 전211
사맹 Albert Samain  전391
사무드라굽타 Samudragupta  문57
沙門  공31 전70 전73
사이드 Abu Said  공259
사이드 Edward Said  세33-34
사이드 Nafusa Said  공248
사이드 Samad Said  소(3)98-101 전513
사타코판 Satakopan  공171
사키야 판디타 Sakya Pandita, 釋迦班欽
　　공194 문434-435 전220
사포 Sappho  전67
샤리에르 Isabelle de Charrière  소(2)198
샤말 Shamal  전286
샤플랭 Jean Chapelain  소(1)96

## 3사

士  카193 하463 공51-52 공322 공393

사하니 Bhism Sahani 소(3)187-192
　　전505-506
사하라 Sahara 공152
謝湖老人 하448
삭소 그라마티쿠스 Saxo Grammaticus
　　공389 문273-274 문277-278 전176-177
山歌手 동247
山岡元鄰 소(2)129 소(2)131 소(2)132
山東京山 소(2)129 소(2)131
山東京傳 소(2)129 소(2)130 소(2)131
　　소(2)134 전342
山鹿素行 소(2)59-60
山上憶良 동256 공107
산체스 Florencio Sanchez 전443
산카라 Sankara 공144 공145 공255 철100
　　철132 철165 철166 철167 철194-204
　　철209 철211 철281 철282 전117
산토스 Lope K. Santos 소(1)275 전515
산트포스 Ernst R. Sandvoss 철464 철466
　　철472-474
살라마 Hanu Salama 전414
살마 Abu Salma 전494
三島由紀夫 전461-462
36歌仙 공116
삼판타르 Campantar 공169 전204
三浦淨心 소(2)128 소(2)130
상가라크키타 Sangharakkhita 전91
상감 sangam 공167-168 전117
상그라스기얄산
　　Sang-rgras-rgyal-mtshan, Tsangyon
　　Heruka, 桑吉堅贊 문366-367 전206
尙德 하213-214
상드 George Sand 소(2)199
桑楊庵光 소(2)129 소(2)131
尙圓 하215

상인 공287 공407 소(2)59 소(2)93 소(2)99
　　소(2)291 소(2)305
상인노예 mercantile slavery 소(2)99
上田秋成 하460 공113 소(2)128 소(2)131
常察 철161
索南堅贊 문295
塞囊 문295
샤 Firus Shah 문75
샤라비 Driss Charaibi 전490
샤를만뉴 Charlemagne 공54 공312 공383
　　공384 공385 공386 공413 문92-93
샤만 Shaman 동189
샤반 Robert Shaaban 소(1)277
샤우키 Ahmad Shauqi 전491
샤이크 shaykh 소(2)94
샤카 Chaka 소(1)278 전367-368
샤테르지 Bankimchandra Chatterji 공165
　　소(1)269-271 전364-365
샤테르지 Saratchandra Chatterji 소(1)271
샤토브리앙 Chateaubriand 소(3)78
샤토파디이야 Bakimchandra
　　Chattopadhyay 전325
샹베르랑 Paul Chamberland 전434
徐居正 하244
徐敬德 카13 카160 하57 문398 문399
　　철124-125 철349 소(1)19
서기 공393-394
서기귀족 공50-51 공393 전83-84
西冷狂者 소(2)139
徐道 소(2)137
西門市郎右衛門 소(2)129 소(2)131
徐師曾 문142
徐世昌 하260
徐有英 소(2)146
西子湖伏雄敎主 소(2)139

西田有則  하451

西村定碻  소(2)129 소(2)131

西澤一鳳  소(2)129 소(2)131

徐浩修  하267

西湖義士  소(2)139 소(2)142

석가 Sakyamuni  전73

石成金  소(2)137 소(2)138

石田玉山  소(2)129 소(2)131

石川流宣  소(2)129 소(2)131

石川淸澄  소(2)129 소(2)131

선비  공393 소(2)76 전84

禪僧  공53 공90 공92 공107 공158 공260
　　　공472 문353 문387-390 문395 문403
　　　문458 문459 전85 전208-209 전211
　　　전213

薛聰  하414 하417

성기조  세23 세422-428 철53

聖德太子  공16

成漱無極  세361

성자  문325-410 전194-214

성자-시인  공154 공159 공169-170 공171
　　　공259 공472 문355-361 전118 전204
　　　전263

세 Klaus von See  세22 세206-230 철53
　　　철54

세다흐 Sedah  공181

세르반테스 Miguel de Cervantes  소(1)52
　　　소(1)66 소(1)88 소(1)233 소(1)239-241

세마운 Semaun  소(1)261 전360 전360
　　　전510

세스펠 Sespel Mishi  전427

世阿彌  카196-197 카198 공107 전307

세익스피어 William Shakespeare
　　　세131-132 세142 세152-153 세160
　　　카230 전293 전31-312

세샤스리크리슈나 Sheshashrikrishina
　　　전324

세제르 Aimé Césaire  전446

世宗  하426

셀라 Camio José Cela  전387

셍고르 L. S. Senghor  전446 전524 전524

셰스노 Jean Chesneaux  세321

소귀족 gentry  소(1)91 소(1)92 소(2)11
　　　소(2)38

小林多喜二  전460

蕭湘迷津渡者  소(2)139

小西甚一  동253 동254

소설가  소(2)340-363 소(3)248-251

蘇軾  하438 공81 공87 전113

蘇我氏  공21

昭魚  소(2)137 소(2)138

邵翁  철325

소작인  전237 전238

소크라테스 Socrates  철98 철108 철127
　　　전48 전71-72

蕭統  공79 전98

소포클레스 Sophocles  카37 카81-163
　　　문213 소(3)174

소피스트  철107-108 전70 전71

速水春曉齋  소(2)129 소(2)131

손주영  문64

솔로모스 Solomos  공341 전418

솔로몬 Solomon  전66

솔로몬 Robert C. Solomon  철26 철41-43
　　　철54

솔제니친 Solzhenitsin  소(3)244 전425

宋名朗  하263 하264

松尾芭蕉  하367 공104 공108-109 소(3)21
　　　전261

宋純  문414-416 철227 철328 철329 철334

54

전216

宋玉 하278

송첸감포 Songtsen Gampo, 松贊干布
　　동31 하105 공21 공188 공190 문295
　　문364

쇼우 Bernard Shaw 전394 전406

숄로호프 Sholokhov 소(3)244 전425

수드라 sudra 소(2)82 소(2)83 소(2)84

수르다스 Surdas 공159 문360

睡獅 소(2)139

수피 sufi 공53 공92 공158 공241
　　공259-263 공472 문346 문387 문395
　　문403 문441-445 철221 철258 철267
　　전85 전202 전211 전213 전224

순타라르 Cuntarar 공169-170 전117 전116
　　전204

술칸-사바 Sulkhan-Saba 공354

쉐르 Johannes Scherr 세20 세67-77 철50
　　철57

쉬테른 Adolf Stern 세21 세83-94 철51
　　철53

쉬퍼 Rudolf Schieffer 세218

쉬프 Horace Shipp 세137

쉴레겔 Friedlich Schlegel 세62 하71

슈니츨러 Arthur Shnitzler 카37

슈퇴틱히 철26 철31-32 철53

슈트사스부르크 Gottfried von Strassburg
　　공422

슈펭클러 Oswald Spengler 세31

스리니바사카비 Srinivasakavi 공148

스리프라트 Spriprat 동384 공223

스마트리스키 Mialet Smatrycki 전254

스위프트 Jonathan Swift 전320

스카리나 Francisak Skarnyna 전254

스코트 Sarah Scott 소(2)195 전320

스쿠데리 Madeleine de Scudéry 소(2)198

스크리프토리아 scriptoria 공393

스클라보스 Manuel Sklavos 공340

스타인벡 John Steinbeck 전430

스트린드베르그 Strindberg 전410

스타린 Stalin 세320

스탕달 Stendhal 철435 소(1)114
　　소(1)136-153 소(1)181 소(1)247-248
　　소(2)199 소(2)220-224 소(3)56
　　소(3)221 전382

스토스코프 Gustav Stoskopf 전401

스투르루손 Snorri Sturluson 공445
　　공447-454 문313-315 전109 전125

스펜서 Herbert Spencer 세279-281

矢崎源九郎 세22 세372-373 철53

시나 Ibn Sina, Avicenna 공254 공258
　　철254

施耐庵 소(2)141 소(2)142

시리세나 Piyadasa Sirisena 소(1)272
　　전366 전507

시메온 Symeon 공324-325

시메온 Symeon the Methaphrast 공333

시몬 Simon Kezai 공389

시민 공384 소(1)36 소(1)50 소(1)69-70
　　소(1)73 소(1)78 소(1)91 소(1)105-106
　　소(2)11 소(2)23-77 소(2)85-86 소(2)97
　　소(2)188 소(2)189 소(2)256-262
　　소(2)302-315 소(3)20 전114 전235-236
　　전371 전381

시민과 귀족 소(2)262-302 소(2)315-339
　　전235-236 전371

시민·귀족·민중 소(1)42 소(1)50 소(1)73
　　소(1)95 소(1)101-102 소(2)23-77
　　소(2)10-116 소(2)247-364
　　소(3)203-213 소(2)246-364 전380

시바지 Chivaji, Sivaji  철377-378

시 부라파 Si Burapha  소(1)273 소(2)242
　전462-463

시아오수에 Xiaoxue, 曉雪  전475

矢野峰人  세361

시얌수딘 Syamsuddin  전272

時雨庵主人  소(2)129 소(2)131

시월 Sewall  카68

시인 공154 공157 공159 공169-170 공171
　공223 공233 공255 공258 공259 공386
　공397 공472 문355-361 철12철219-365
　전85

市場通笑  소(2)129 소(2)131

시토아양 citoyen  소(2)40

시피킨 Mudi Sipikin  공295 전520

識字人  소(1)164

式亭三馬  소(2)129 소(2)131

神官  문209 전42 전69

신동엽  동497 전481

紳士  소(2)48-49 소(2)51-56 소(2)73-74
　소(2)139-141 소(2)167-169 소(2)186
　소(2)322-328 소(3)19-20

神社巫  동269

申叔舟  하167 하214 하226-228 하234

申緯  하289 전256

申采浩  하60 하70 전331

沈能淑  소(2)146 소(2)151

沈光世  하290 문240 전256

深川珍話  소(2)129 소(2)131

十返舍一九  소(2)129 소(2)131 소(2)136

싱 John Millington Synge  전405

싸우는 사람 bellatores  공391 소(2)32

쌍논 헤루카 Tsangnyon Heruka
　공191-193

### 3아

아나크레온 Anacreon  전67

아난드 Mulk Raj Anand  소(1)269 전503

아난타-다스 Ananta-das  문358-360
　전204-205

아누르다차리아 Anurddhacariya  공211

아니시모프 Иван Иванович Анисимов  세325

아도니스 Adonis  공245

아디 Endre Ady  전414

아라기야스 Aragiyas  문356-357

아루나키리나타르 Arunakirinatar  문433

아르준와드카르 Arjunwadkar  카70

아리바우 Aribau  전400

아리스토텔레스 Aristoteles  카56-64
　공325 공330 공331 공380 문195 철108
　철113 철127 철229 전48 전95

아리스토파네스 Aristophanes  철104

아리시엔니에바 Nathalla Arisiennieva
　전427

아리야밤사담마세나파티
　Ariyavamsadhammasenapati  공217

아마두 Jorge Amado  전441

峨眉山人  소(2)129 소(2)131

아민 Samir Amin  세41

아베라르와 엘로이즈 Abélard et Heloïse
　소(1)244

아바스 Abd al-Baha Abbas  전454

아바쿰 Aavvakum  공363-364 문345
　전255

아베디 Amri Abedi  전520

아베라리우스 Abelarius  공394

阿部知二  세22 세364-372 철52

아브람스 Peter Abrahams  전438

아브루 Hafiz-i Abru  문305 전185

啞蟬子 소(2)135

아쇼카 Ashoka 공136 공198 공211
　문52-55 문124-127

아슈라프 ashraf 소(2)83

아스마 Asma 문446-448

아스바고사 Asvaghosa 동137 공137
　문130 문329 전97 전153

아스투리아스 Miguel Angel Asturias
　전441-442

아스티에 Pierre A. G. Astier
　소(3)221-227

아 아오다슬러 A Aodesl'er, 阿 敎德斯爾
　전475

아왈리야 awaliya 문345 전201

아왕 Usman Awang 전513

아우구스티누스 Augustinus 공324 공325
　공376-380 공415 문332 철215 소(1)233

아우너 Kofi Awoonor 전525-526

아우리야 awliya 문345-346

아우에르바하 Erich Auerbach 소(3)219

아우와드 Tawfiq Yusuf Awwad 전494

아이트졸 Aitzol 전399

아이헨도르프 Joseph Freiherr von
　Eichendorff 소(3)112-113

아인지델 Wolfgang von Einsiedel 세22
　세269-278 철52 철55

아자드 Muhammad Azad 전456

아자이쿠 Ali Azaykou 전487

아즈라프 ajlaf 소(2)83

아체베 Chinua Achebe 공295 소(1)280-281
　소(2)98 소(2)238 소(3)101 소(3)168-173
　전527

아카리야 Bhanughakata Acarya 전507

아카트담콩 Akatdamkoeng 소(1)273-274
　전463

아퀴나스 Thomas Aqinas 공178 공240
　공254 공258 공325 공331 공395-396
　문395 문459 철219 철222 철224 철225
　철227 철280-311 철351 철354 철228-252
　철359 철446 철450 철479 철487 철491
　소(1)22-23 전215

아크호 Akho 공164 전266

아클 Said Aql 공251

아타나시우스 Athansius 공344 전197

아타르 Attar 공260 공262 문349-352
　문443-444 철226 철227 철267-280
　철263 철487 전120 전203 전225

아트사가 Bernardo Atxaga 전399-400

아파르 Appar 공169 전204

아흐마드 Aijaz Ahmad 세38

아흐마드 al-Khalil bin Ahmad 전91

아흐마드 Jalal Ale Ahmad 전456

아흐메드 Adib Ahmed 공272 전227

악가사마디 Aggasamadhi 공217

악소움 Axoum 공346-347 전179

岳亭丘山 소(2)129 소(2)132

岳亭春信 소(2)129 소(2)131

安兼濟 소(2)147 소(2)153

安國善 전331

안데르센 Andersen 전409

안드레아 Johann Valentin Andreae 전318

안드리아남포이니메리나
　Andrianampoinimerina 공305

안드리치 Ivo Andric 전416

安藤昌益 공98 철396 철398 철404-408
　철414 철443 철485 철488 소(1)23 전240
　전244 전245 전327 전328-329 전331

안셀무스 Anselmus 공394

額爾德尼 문292

安致默 문281

알델름 Aldelm 공431-432

알라기야바나 Alagiyavanna 전221

알레만 Mateo Aleman 소(1)238-239

알렌 Allen 세129

알름크비스트 Almqvist 전410

알리 Muhammad Ali 소(2)94

알무타즈 Ibn al-Mutazz 공237

알바르 alvar 문356-357 철204

알캐우스 Alcaeus 전67

알퀸 Alkuin, Alcuin of York 공50
    공384-385 공386 문93 전104 전168

알-파라즈다크 Al-Farazdaq 공235

알프레드 Alfred 공434 문307

암브로시우스 Ambrosius 공49 공373-374
    공375 문449

암스트롱 Jeanette C. Armstrong 전435

앙칸 Ankhan Kalayanaphong 전465

鶯蛙樓主人 소(2)135

櫻花亭江島 소(2)135

야누스 Janus Pantonius 공402 전252

야신 Kateb Yacine 소(1)266-267 전488

野野口立圃 소(2)129 소(2)132

야쿠비 Yakubi 공241

愛新覺羅 玄燁 하301-302

耶律楚材 공88

야즈나바라하 Yajnavaraha 공148

兪萬春 소(2)137 소(2)138

양반 소(2)65-68 소(2)76 소(2)328-336

楊輔 하376 공118

梁德繩 소(2)137 소(2)138 소(2)144

楊士俊 문414

梁誠之 동71

楊愼 동241

楊庸 소(2)137 소(2)138

에게브레흐트 Axel Eggebrecht 세22

세179-182 철52

에드-딘 Naser ed-Din 전454

에라스무스 Erasmus 공400 전246

에르데네 Erdene 전477

에르랑가 Erlanga 문296

에르츠그래버 Willi Erzgäber 세219

에메체타 Buchi Emecheta 소(3)101-104
    전528-529

에세닌 Essenine 전424

에센바하 Wolfram von Eschenbach
    공422

에스카르피 Escarpit 세267

에우세비우스 Eusebius de Caesara 공327
    문266-269 문275 전175-176

에우스타티우스 Eustathius de Nikkaia
    공320-321

에우스타티우스 Eustathius de
    Thessalonika 공320 공334

에체베리아 Esteban Echeverria 전440

에케룬드 Ekelund 전410

에크웬스키 Cyprian Ekwenski 소(1)279
    전368 전521-522 전527

에퇴트뵈스 Etötvös 전414

에페우스 John de Ephesus 문334-335

에펠스하이머 Hanns W. Eppelsheimer
    세22 세169-178 철52

에피쿠루스 Epicurus 철116 철117-118

에피파니우스 Epipanius 문344-345

엘로이즈 Heloïse 공394

엘리어트 T. S. Eliot 전393

엠레 Yunus Emre 공275 전227

黎貴惇 세113 공98 철396 소(1)23 전240

如儡子 소(2)128 소(2)130

女奴 소(2)139

黎梁愼 하263 하264

여류시인  공110-111 공16 공405 문425
　　전261 전427 전435 전496
여류작가  공141 공331 소(2)144
　　소(2)153-155 소(2)190-191
　　소(2)192-202 소(2)233-237 소(3)101
　　전320 전340 전412 전432 전437 전440
黎利  하133 하424 소(2)347
呂撫  소(2)137 소(2)138 소(2)139
여성과 남성  소(1)42 소(1)93-99
　　소(1)101-102 소(3)9-107 소(2)223-225
　　소(3)9-1079 전380-381
黎文休  하126 하127-128 하129
與謝野鐵幹  동252
余象斗  소(2)137 소(2)138 소(2)140
여성시인  공110-111 공16 공405 문425
　　전261 전427 전435 전496
여성작가  공141 공331 소(2)144
　　소(2)153-155 소(2)190-191
　　소(2)192-202 소(2)233-237 소(3)101
　　전320 전340 전412 전432 전437 전440
如如女史  소(2)139
呂兆  소(2)137
余懷  하449
燕市狗屠  소(2)139
戀川春町  소(2)129 소(2)131 소(2)136
廉想涉  소(2)316 소(2)328-331 소(2)334
　　소(2)336 소(2)337 소(2)338 전479
永嘉  철161
예수 Jesus  전73
永壽堂  소(2)129 소(2)131
예언자  공31
예이츠 W. B. Yeats  전405
艾靑  전469
吳敬梓  소(2)137 소(2)138 소(2)139
　　소(2)141 소(2)264 전341

吳光運  문240
오닐 Eugene O'Neill  전431
오 디레아인 O Direain  전407
五柳亭德升  소(2)129 소(2)131
오 리오르다인 O Riordain  전407
吳茂一  세22 세361-363 철52
吳士連  한123 한126 한127-128 한129
　　하422 문231-232 문233 전187
五山禪僧  하185
吳商  소(2)62
오스윈 Oswin  공431
오스트로프스키 Nikolai Aleksevitch
　　Ostrovsky  소(3)123 소(3)182
　　소(3)242 전422
오스틴 Jane Austin  소(2)197 소(3)79-81
吳承恩  소(2)137 소(2)138 소(2)139
　　소(2)141 전340
오원 Gerallt Lloyd Owen  전404
오원 Jesse M. Owen  세21 세240-242 철51
오웰 George Orwel  전332
오정숙  카38
烏亭焉馬  소(2)129 소(2)131 소(2)136
오케시 Sean O'Casey  전405
오토 Otto von Freising  문270-271
오토 3세 Otto-  문94
오투아마 Sean O'Tuama  전407
오 헤거아르터 Padraig O hEigeartaigh
　　전406
溫庭筠  공84
와일드 Oscar Wild  전385
와즈히 Wajhi  전324
와트 Ian Watt  소(1)76-80
와른프리트 Paul Warnfried  공386
와흐브 Wahb bin Munabbih  문253
阮嘉韶  문425 전262

阮宏匡　하263 하264

阮伯鱗　문423

阮秉謙　하387 문422 철227 철329 전115

阮安堵　하298-299

阮嶼　하439

阮攸　세342 하277 하296-297 하448-458
　　하466 하482 공95 공113 소(1)222
　　전258-259

阮章競　동229

阮偍　하263 하264

阮止信　하263 하264

阮鷹　하133 하137 하381-384 하387 하438
　　공17 공88-89 공104-106 공472 문422
　　문424 철227 소(2)75 소(2)76 전114-115
　　전217

阮沆　문423 전217

阮浹　하295 하425 전258

阮惠　하425 하445

王夫之　하300 공98 철396 소(1)23 소(2)57
　　전186 전240

王世貞　소(3)19

王士禎　공93

王維　하321 하342

王充　철123-124 철125

요맨 yeoman　소(2)36

姚燮　소(2)137

욘커 Ingrid Jonker　전439

龍樹 Nagarjuna　공144 공145 공255 철132
　　문377 철141-160 철165 철166 철167
　　철184 철185 철194 철195 철209 철211
　　전93-94 전97 전117

龍仁李氏　소(2)180

瀧亭鯉丈　소(2)129 소(2)131

瀧澤馬琴　하451 하460-476 하480 하482
　　공113 소(1)192 소(1)221 소(2)128

소(2)132 소(2)133 소(2)163 소(2)172
　　소(2)223 전342-433

우나무노 Miguel de Unamuno　전395

牛燾　하304-305

우당 Raoul de Houdan　문451

우르술라 Sibylle Ursula von
　　Brauchschweig-Lüneburg　소(2)200

于勒　공21

우마루 Alhaji Umaru　공294

우마파티 Umapati　전218

우스만 Malam Usman　문447

우스만 Sembène Ousmane　소(1)281-282
　　소(3)195-201 전530

宇井伯壽　하239

羽川珍重　소(2)129 소(2)131

우 칼라 U Kala　공218

운드세트 Sigrid Undset　전412

雲默　문239 전133

雲陽嗤嗤道人　소(2)139

울라마 ulama　공231 문345 소(2)93

울리히 Anton Ulrich　소(2)201

울프 Virginia Wolf　소(2)197 소(3)221

울피라스 Ulfiras　공420

圓仁　전192-193

워튼 Thomas Warton　세61-62

袁枚　하299

源義政　하207-208

元曉　카63 카103 카12 공21 철158-160
　　철184 철185 철202 철470 소(1)19

元好問　공88

月光亭笑壽　소(2)129 소(2)134

月明師　하332

웨이칠린 Wei Qilin, 偉其麟　전475

위고 Victor Hugo　소(1)138 소(2)223
　　전394

위르페 Honoré d'Urfé 소(1)98 소(2)198
魏伯珪 하345
魏秀仁 소(2)137
위스망 Joris-Karl Huysmans 전385
위어브 Ruby Wiebe 전434
위에 P.D. Huet 소(1)84
爲永春水 소(2)129 소(2)131 소(2)136
　전342
위크레마싱그헤 Martin Wickremasinghe
　공215-215 소(1)272
游國恩. 동229
兪達 소(2)137
劉大杰 동229
柳得恭 하266
유랑시인 공416
游里山人 소(2)135
劉半農 전469
유세프-우-카시 Yusef-u-Qasi 전487
유수프 Yusuf 공272
유식자 literati 공392
劉元杓 전331
劉在建 소(2)184
游戲堂主人 소(2)135
柳亭種彦 소(2)129 소(2)132 소(2)136
柳麟錫 하60 하70
柳宗元 공47 공81
柳振漢 동242 하289 전256
柳下亭種員 소(2)129 소(2)131
유학자 공107 문395-400
劉向 문390 소(2)174 전210
劉勰 공78-79 문195-196 전97-98
陸機 공78 전97
六頭品 공51 공85 전83
六如菴 하291
陸人龍 하448 소(2)137

尹東柱 전479
尹善道 전260
尹湛納希 Yinzhannaxi, Injammasi
　문290-291 전345
융커 Junker 소(2)41
은구기 James Ngugi 소(1)171
은구기 Ngugi Wa Thiong'o 소(1)115
　소(1)170-180 소(1)181 소(1)206
　소(1)281 소(1)284 소(2)101 소(2)108
　소(2)238 소(3)173-174 소(3)253 전528
恩納岳 공116-117
音博士 하419
응와나 Pita Nwana 소(1)279 전368
응우엔 짠 후앙 Nguyen Tran Huang
　세225
응우엔 쫑 투아트 Nguyen Trong Thuat
　소(1)229
意林庵 소(2)128
義湘 공21 철132 철161-194 철210 철215
　전97
義淨 문373
李開先 소(3)19
李季 동229
李匡師 소(2)146 소(2)153
李光洙 소(1)225
李圭景 소(2)179
李奎報 카102 동122 동268 하152 하199
　하201 하438 공88 철92 철104 철121
　전112-113 전133
李謹元 철331
李箕永 소(2)341-343 소(2)350 전481
李綠園 소(2)137 소(2)138 소(2)139
李德懋 소(2)185
李德馨 철331
李命啓 하420

李夢陽 공93
이반 3세 Ivan- 문91
李白 세158 세160 카175 하293 하321 공47
    공48 공49 공54 공81 공255 공382
    공466 문441 전99-100 전115 전258
李百川 소(2)137 소(2)138
李福休 문240
이삭 Yishak, Issac 공346 전179
李常傑 하130 소(2)75 소(2)76
이상경 Sang-kyong Lee 세224
李相和 전478 전479
李性源 하262 하263 하264 하267
李世輔 전260
李晬光 하268
李壽童 동71
이스타반 Istavan Brodarics 공402 전252
이스트반피 Miklos Istvanffy 공429
李漁 소(2)137 소(2)138 소(2)139
李承休 문238
李養吾 소(2)180
李於陽 하303-304 공95
李彦迪 철331
李業福 소(2)185
李汝珍 소(2)137 소(2)138 소(2)139
이오아네-조시메 Ioane-Zosime
    공352-353 전123
李鈺 세254
이옥 Li Ogg 세254
李遇駿 소(2)149 소(2)179
李運永 문417
李裕元 문240
李陸史 전479
李珥 하307 하433 문398 문416 문424
    철326 철327 철335 철349 철462 전216
李頤淳 소(2)147

李翼 문240
李子常 소(2)184
李齊賢 하147 하251 하273
李廷綽 소(2)146 소(2)151
李贄 문397 소(1)192
李春芳 소(2)137
李春榮 소(2)137 소(2)138 소(2)139
夷千島王 遐叉 하220-224
이크발 Iqbal 공284-285 전272 전499-500
이티마에라 Witi Ithimaera 전437
李學逵 동242 하290 문240 전256
李惠芳 동231
이호철 전332
李滉 카102 하344 공91 공103-104
    공157-158 문398 문416 문424 철326
    철327 전113 전216
인잔나시 尹湛納希 Yinzhannaxi,
    Injammasi 문290-291 전345
인텔리겐치아 intelligentsia 소(2)43-44
一夢道人 소(2)135
一聲子 소(2)135
一笑居士 소(2)135
一然 하152 문387 전207-208
一舟子 소(2)135
1928年 3月 15日 전460-461
일하는 사람 laboratores 공391 소(2)32
林羅山 하169
임석진 철26
任聖周 카160 하475 철349 철350 철396
    철408 철443 소(1)20 소(1)23 전240
    전243
林昌澤 하290 문240
任厚奎 철26 철34-39 철56
林揮 세399
입센 Henrik Ibsen 전394 전411-412

## 3자

자간나타 Paditaraja Jagannatha  전262
자말자다 Jamalzada  전358-359
자민다르 zamindar  소(2)88
자브로브스키 Zabrowski  세224
자야단 Juri Zayadan  문71-73
자야데바 Jayadeva  공152
자야바르만 7세 Jayavarman  문61
자카니 Zakani  공265 전227
自墮落先生  소(2)135
자코브 André Jacob  철26 철32-34 철54
잘란도니 Magdalena Jalandoni
     소(2)234-236
잠 Francis Jammes  전391
張甘雨  하294
張鵬盒  소(2)185
張士登  소(2)137 소(2)138
藏原惟人  전460
張維  문196
張載  카202
張竹坡  소(2)137
張漢超  공89 전114
張顯光  철329-330 철331
저주받을 시인 le poète maudit  카42
     소(3)208 전391
荻生徂徠  문399
赤城山家女  소(2)135
赤心子  소(2)139
傳奇叟  소(2)185
전업작가  소(2)189-190 소(2)195 소(2)226
     전464
全州李氏  소(2)147 소(2)153
田漢  전469
趙基天  전480

丁秉仁  소(2)137 소(2)138
丁耀亢  소(2)137 소(2)138
畠中觀齋  하292
畠中銅脈  전258
鐵漢  소(2)139
絶海中津  하253-255 하259 하260 하274
     공107 문29-31
耴雲  하435
精高子  동185
丁克仁  문414
鄭道傳  하55 문459
鄭馬夫  전332
程順則  하268
丁若鏞  카13 동241 하290 하345 소(2)68
     전257
鄭永功  하263 하264
井原西鶴  소(1)221 소(2)129 소(2)131
     소(2)132 소(2)250 소(2)256 소(2)257
     소(2)261 소(3)19 소(3)20-21 소(3)22
     전342
程頤  철330
町人  하475 소(2)50 소(2)58-62 소(2)172
     소(2)174-175 소(2)187 소(2)257-258
     소(3)20 소(3)34 전114
정주동  세226
     鄭陳棍  문425 전262
鄭澈  문414 철226 철227 철328 철329-350
     철263 철487 전216
情痴反正道人  소(2)139 소(2)142
鄭泰齊  전315
鄭判龍  세22 세374-409 철53 철56
丁學游  전260
제논 Zenon  철116
諸子百家  하43 하53 공31 전70 전72
젠트리 gentry  소(1)91 소(1)92 소(2)11

소(2)38

조로아스터 Zoroaster, Zarathustra 전62

曹雪芹 소(2)137 소(2)138 소(2)141 소(2)142 소(2)263 전342

趙聖期 소(2)146 소(2)151 소(2)183

趙樹理 소(3)245 전471

趙秀三 소(2)185

조아심 Joachim de Fiore 문271-272

曹禺 전469

曹偉 문414

조이스 James Joyce 소(3)133 소(3)208 소(3)222 전386 전387 전406

趙翼 철326

趙宗鉉 하262 하263 하264 하267

趙芝薰 문11

조화선 Wha Seon Roske-Cho 세224

존슨 Colin Johnson 전436

졸라 Émil Zola 소(3)216 소(3)221 전384

종가파 Tsongkha-pa 공194

종글뢰르 jongleur 공416

鍾山逸叟許仲琳 소(2)138

鐘惺 소(2)137 소(2)1387 소(2)139

주농 하디얼 Zunong Hadi'er, 祖農 哈迪爾 전474

朱樂菅江 소(2)128

주바이니 al-Juvayni 문304 전184

周新命 하273

朱彝尊 하259

朱子 하422 하426 하431

주흐리 al-Zuhri 문253

朱熹 공91 공240 공258 공395 공396 문230 문395 문459 철69-73 철101 철311-365 철219 철222 철224 철225 철227 철234 철311-350 철351 철354 철356-357 철359 철413 철414 철446 철450 철462

철487 철491 소(1)22-23 전185 전215 전216

중간계급 소(2)80-82 소(2)86 소(2)97 소(2)339-340 전238

중간 또는 부수계급 intermediate and auxiliary classes 소(2)80

中江兆民 철459

中島米華 하291

중산층 middle class 소(1)105-106

中巖圓月 하170

中人 소(2)50 소(2)177 소(2)336

中村元 하239-240

쥬마르 Necati Cumali 전453

즈난데브 Jnandev 공153

즈린이 Miklos Zrinyi 공429 전253

卽空觀主人 소(2)138

知念正眞 전462

지다도 Bahari dan Gidado 공293-294 문448 전274

지드 André Gide 공405

지마 Peter V. Zima 소(3)229-234

지브란 Kahlil Gibran, Jibran 전493

지식인 공394 소(2)339-363 전195 전196 전236 전238

지식인과 민중 소(2)339-363 전237-238

지식인-이야기꾼 공472

지아옹 Pierre Giaon 세22 세188-206 철52 철64

智儼 철162 철164 철215

陳端生 소(2)137 소(2)138 소(2)144

震旦女士 自由花 전330

眞德秀 철336 철337

陳登大 하263 하264

陳來生 동231

陳梅溪 소(2)137 소(2)138

陳森  소(2)137

陳受頤  동228

秦始皇  문127-130

振鷺亭  소(2)129 소(2)131

眞齋名道狂客  소(2)139

秦子忱  소(2)137 소(2)138 소(2)139

陳天池  소(2)137 소(2)138 소(2)139

陳忱  소(2)137

陳澕  전112

징기스칸  동298 하108

짠 티에우 Tran Tieu  소(1)230 전483

## 3차

차일드 Francis Child  전291

차주 아왕글우오상 Cazhu Awangluosang, 擦珠 阿旺洛桑  전474

차크라바르티 Rupa-rama Cakravarti  공165

차페크 Karel Capek  전415

贊寧  문372 전207

찬드라굽타 2세 Chandragupt  문134

찬드 바르다이 Chand Bardai  공153 문293

찬디-다사 Chandi-dasa  공164

찬 껍찟  전464

채드윅 H. Munro Chadwick  세21 세296-304 철52 철57

채드윅 N. Kershaw Chadwick  세21 세296-304 철52 철57

채리스리 Arthur E. Charisty  세344

蔡萬植  소(1)226 소(1)260 소(3)93-94 전480

蔡壽  소(2)146

채리스리 Arthur E. Charisty  세344

蔡溫  공14 철396-403 전327-328

蔡元放  소(2)137 소(2)138

蔡濟恭  소(2)181

챔버레인 Edward Chamberlayne  소(2)192

川關樓琴川  소(2)128

川端康成  전461

天生情種  소(2)139

天然痴叟  소(2)139

千鼎臣  하420

淺井了意  하439

靑目 Pingara  철143 철167

靑心才人  하449

淸隱道士  소(2)138

체라만 Cheraman  전153

체킬라르 Cekkilar  문355-356 전204

체브첸코 Taras Chevtchenko  전426

체호프 Anton Chekhov  전422

초서 Geoffrey Chaucer  공435-437 전151

村飄子  소(2)135

최명희  소(2)155

崔象川  소(2)137 소(2)138

崔濟愚  카103-104 카161 전261

崔致遠  공85 철163

崔漢綺  카63 카160 철396 철443 철462 철488 소(2)57 전240 전241

崔行歸  하334 하335 공449

추두리 Choudhuri  카71-72

추억의 꽃  전417

萩原朔太郎  전458

鄒必顯  소(2)137 소(2)138

출라롱콘 Chulalongkorn  문303

출코프 Chulkov  소(2)203-204 소(3)238

출판인  소(2)132-134 소(2)154 소(2)213-224 소(2)226-227 전343

醉狂庵  소(2)135

醉西湖心月主人　소(2)138
醉月梅笑　소(2)135
醉痴　소(2)139
醉玄亭主人　소(2)138
治世之逸民　소(2)138
치 페오 Chi Pheo　전483
七峰樵道人　소(2)138 소(2)142
七珍萬寶　소(2)129 소(2)13

## 3카

카가라 Malam Bello Kagara　소(1)276
　전527 전520
카나파니 Ghassan Kanafani 소(3)192-195
　전494-495
카노 Aminu Kano　전517
카니시카 Kanishika　문130 문131 전80
카다레 Ismail Kadare　전417
카드리 Yaqup Qadri　전452
카라바디 Kalabadhi　문347 전202
카락시 Abbud al-Karaxi　공251
카림 Karim　전268
카시나트 싱 Kashinate Singh
　소(2)357-363
카로브 Otto Karow　세276
카르메이 Samten G. Karmay　동305
카르토디크로모 Mas Marco Kartodikromo
　소(1)260 소(2)229-230 전360 전509-510
카림 Karim　공267
카마즈 Martin Camaj　전417
카마테로스 Johan Kamateros　공336
카몽이스 Camoes　전290
카비 kavi　공139 전96
카비르 Kabir　동406 공153 공154-158

공193 공472 문358 문428-430 철226
　철227 철298-311 철263 철373-374
　철487 전116 전204-205 전219
카슈가리 Mahmud Kashghari　공271
카시라마다사 Kashiramadasa　전284
카아니 Qaani　전456
카얌 Omar Khayam　세143
카얌 Umar Kayam　소(2)352-355
카에자르 Julius Caesar　철116
카타리 Devakinanadan Khatri　전364
카타리아 Maria Katharina Stockfleth
　소(2)201
카티비 A. Khatibi　전490
카프카 Franz Kafka　전332 전387
카흐니 Ahmed Kahni　전498
칸트 Immamuel Kant　세45 철443 철447
　철449 철463 철467 철477-478
　소(1)23-24 전42
칼둔 Ibn Khaldun　세46 공242 공243
　문65-70 문203 문259-265 철378 전141
　전183
칼레론 Caleron de la Barcawjs　전311
칼로크 Calloc'h　전402
칼리가스 Pavlos Kalligas　공341 전418
칼리칸 Ibn Khalikan　공242 문347
　소(1)255 소(1)256
칼리다사 Kalidasa　세151 카81-163 하321
　공48 공137-139 공168 공214 공382
　공466 문55-55 문134-135 문427 문441
　전9-95
칼하난 Kalhanan　문243-244
캄바세레스 Eugenio Cambaceres　전440
캄페넬라 Tomaso Campanella　전318
캥사 Gilles Qinsat　세23 세304-310 철53
케다라바타 Kedarabhatta　전91

케드몬 Caedmon 공432

케말Namik Kemal 소(1)259-259 전359-360
　　전452

케말 Yasar Kemal 공281 소(1)260
　　소(3)143-146 소(3)151 전452-453

케이르 Abou Said Aboul Kheir 철270

케이스 Keith 카66-68

케자이 Simon Kezai 문273

켈러 Gottfried Keller 소(3)113-116

코레나트시 Movses Khorenatsi, Moise de
　　Khorene Moïse de Khoren 공349 문308
　　전178

코렌 Moïse de Khoren 공349 문308 전178

코르네이유 Pierre Corneille 공419 전310

코마로프 Komarov 소(2)203-204 소(3)238

코스로우 Amir Khosrow 공267 공282
　　전268

코슬라 Raj Khosla 카240

코타 Johann Friedrich Cotta 소(2)218

코파 돈구릅 gCod-pa Don-grub 동304

코하노프스키 Jan Kochanowski 전253

코호프스키 Kochowski 전289

콘넨 Connenn 전169

콘스탄티누스 Constantinus 공355

콘스탄티누스 7세 Constantinus 공323
　　문83

콜로테스 Colotes 철118

콜룸바누스 St. Columbanus 전81

콜포르퇴르 colporteur 소(2)208

콜프 Albert Kolb 하61

콤네네 Anna Komnene 공331

콩쿠르 형제 Concourt- 소(3)219

쿠라와 Aminu Abubakar Kurawa 전521

쿠르브스키 Andrei Kurbsky 공362-363

쿠퍼 David E. Cooper 철26 철43-46 철54

쿠라와 Aminu Abubakar Kurawa 공295

쿠레사 Kuresa 문432 철222 철294
　　철295-296

쿠마라쿠르파라르 Kumarakuruparar
　　전266

쿠쉬할 Khushhal 전270

쿠트리프 프라모즈 Khukrit Pramoj 전463

쿠트브 Qutb 공272

쿠퍼 David E. Cooper 철26 철43-46

쿤데라 Milan Kundera 전415

크노 Raimond Queneau 세22 세246-267
　　철52 철55

크라시츠기 Ignacy Krasicki 전324

크라우스 enning Krauss 세219

크레베 Vincas Kreve 전420

크레우츠발드 Reinhold Kreutzwald 전420

크레티앙 드 트롸 Chrétien de Troyes
　　공417

크로체 Benedetto Croce 전395

크리티바사 Krittivasa 전284

크샤트리아 Ksatriya 공50 공140 소(2)82
　　소(2)83 소(2)84

크세노폰 Xenophon 소(2)195

크세멘드라 Kshemendra 전152

크세트라이야 Ksetrayya 전267

클라분트 Klabund 세21 세156-163 철52
　　철54

클라우스 Hugo Claus 전408

클라크 Priscilla P. Clark 소(1)103-106

클리츠페라 Klicpera 전414

키리티판디타 Kiritipandita 공148

키릴 Cyril 공355

키릴 Cyril de Scythopolis 문334

키비 Aleksis Kivi 전413

키에르케고르 Kierkegaard 전410

키플링 Kipling  소(3)140-141

## 3타

타고르 Rabindranath Tagore  세187 공165
  철299 철300 철307 소(2)227-229
  소(2)230 소(3)134-143 소(3)170
  전499-500 전503-504
타르지 Mahmud Tarzi  전270
타바리 Tabari  공242 공254 문254 전181
타비브 Fadlullah Tabib  문304-305 전184
타일러 Edward Tylor  세281
탈루 Ahmad bin Haji Muhammad Rashid
  Talu  소(1)262 전512
탐만 Abu Tamman  공237 공238-239
탐무즈 Benjamin Tammuz  전496-497
탓소 Tasso  전292
湯顯祖  전305
太安萬侶  동255
테라 Shri Rahula Thera  공214
테레사 Santa Teresa de Jesus  소(1)233
테르툴리아누스 Tertullianus  공376
테모로 Temoro  공305
테브피크 Riza Tevfik  전451
테오도르 2세 Theodore-  공348
테오둘프 Theodulf  공386 전104
土居光知  동251
土橋亭りう馬  소(2)129 소(2)132
토르길손 Ari Thorgilsson  문310 전125
토 후우 To Huu  전483
톨스토이 Leo Tolstoy  공366 소(2)204
  소(3)57 소(3)84-87 소(3)238 소(3)240
  소(3)241 소(3)258 전421-422
톰슨 James Westfall Thompson  문199-200

痛史  소(2)139
투루바두르 trouvadour  공416
투르게니에프 Turgeniev  소(2)290
  소(2)296 전421
투르베르 trouvère  공416
투쉴 Jean Tousseul  전408
투울리치 tuulich  동292
투카람 Tukaram  공164 철368 철373-378
  철385 소(1)23 전239 전265-266
투키디데드 Tucydides  공326 문230
  전56-57
툰시 Bayram al-Tunsi  공250
툴시다스 Tulsidas  공159-160 문160 전263
  전284
류트뵈프 Rutebeuf  문450
트레디아코프스키 Trediakovski  공365
  전256
트로체이치 A. ф. Троцееиц  세343
트롸 Chrétien de Troyes  전151
트리볼리스 Michael Trivolis  공356
트소기알 Yeshe Tsogyal  문306 전206
트웨인 Mark Twain  전429
트제트제스 Johan Tzetzes  공334-335
  공336 전228-229
티모네다 Juan de Timoneda  소(1)233
티와리 Tiwaray  카70
티츠 냐트 하느 Thich Nhat Hanh  전484
티파코라우옹 Chaopraya Thiphakorawong
  문303

## 3파

巴金  소(2)316 소(2)322-328 소(2)331
  소(2)332 소(2)336 소(2)337 소(2)338

전470 전471

파눌루흐 Panuluh 공181-182

파니니 Panini 공135

파드마삼바바 Padmasambhava 공190

파드마수사트라 Padmasusatra 소(1)263
　전361

파들 Abul Fadl 문305

파로크자드바드 Farugh Farrokhzadvad
　전456

파르메니데스 Parmenides 철102-105
　철109 철127 전64 전64 전65

파리드 Umar b. al-Farid 문442

파리스 Mattews Paris 문277

파스테르나크 Pasternak 소(3)244 전425

파스칼 Pascal 소(1)68

파야 리타이 Paya Lithai 공220

파우디얄 Lekhnath Paudyal 전507

파울리누스 Paulinus 공382

파이시 Paisi Khilandarski 전255

파즈 Octavio Paz 전441

파초미우스 Pachomius 공345

파탄잘리 Patanjali 공135

판데 Vishveshvara Pande 전262

판수리 Hamzah Fansuri 전272

판졸리니 Pier Paolo Pasolini 전393

팔라츠키 Palacky 전415

八文字屋自笑 소(2)129 소(2)131 소(2)134
　소(2)163

패리 Parry 동254

패리-윌리암스 T. H. Parry-Williams
　전404

펠린 Elin Pelin 전418

彭勇行 하305

페네롱 Fénelon 철418 전321

페렌스 포르가흐 Ference Forgach 공429

페로 Marc Ferro 세32-32

페르도우시 Ferdowsi 세151 공255 전120
　전140

페리 Ruth Perry 소(1)93

페소아 Fernando Pessoa 전393

페어뱅크 John K. Fairbank 하62

페테르 Peter (러시아) 공365

페테르 Peter (헝가리) 공388 문273

페트라르카 Petrarca 공409 소(1)233

平内逍遙 소(1)194

平原孤憤生 소(2)139

포겔바이더 Walther von der Vogelweide
　전231

포디오 Abdullahi dan Fodio 공293 전274

포디오 Usman dan Fodio 공293 문446
　전274

포르트라게 H. Fortlage 세20 세61-67
　철50 철57

浦松齡 한302 공95 소(2)137 소(2)138
　소(2)139 소(2)141 소(2)142

포스톨리 Foqion Postoli 전417

포우 Edgar Allen Poe 전429

포크너 William Faulkner 전430-431

포트기에터 E. J. Potgieter 전407

포프 Alexander Pope 전292

폭스 John Foxe 전201

폴로 Marco Polo 전193

폴리비우스 Polybius 전57 전177

폴리티안 Politian 공401 전247

품푸르스 Anfrejs Pumpurs 전420

푸르티에르 Antoine Furetière 소(1)99

푸쉬킨 Alexandr Pushkin 공366
　소(1)249-251 전256 전290

푸스카 Jazep Pusca 전427

푸줄리 Fuzuli 공276

豊介子 소(2)129 소(2)131
馮克寬 하268
風來山人 소(2)136
風月軒又玄子 소(2)138 소(2)142
馮友蘭 철460
프라무디야 Pramoedya Ananta Toer
　소(1)261 소(3)174-183 전510-511
프라이싱 Otto von Freising 문270-271
프라이타크 Gustav Freytag 소(1)248
　소(1)249 전382 전383 전382 전382
프라판차 Prapanca 문297 전185
프란체스코 Antonio Francesco 전318
프람폴리니 Giacomo Prampolini 세22
　세163-169 철52
프레마난드 Premanand 전286
프레보 Prévost 소(3)56
프레슬 Raoul de Presles 공415
프렘찬드 Premchand 공165 소(1)153-169
　소(1)181 소(1)230 소(1)272 소(2)88
　전505
프렘찬드 Premchand 소(1)114
　소(1)153-169
프로드로무스 Theodore Prodromus
　공329-320 공333 전228
프로레타리아 소(1)74-75 소(2)339-340
　소(2)348 전396 전424 전460 전471
　전476
프로스트 Robert Frost 전429
프로코피우스 Procopius 공326 전178
프롸드몽 Hélinand de Froidmont
　문451-452
프루덴티우스 Prudentius 하321 공49
　공374-375 공382 공476 전102
프루스 Prus 전419
프루스트 Marcel Proust 소(2)199

소(3)133 소(3)208 소(3)211-213
소(3)228 소(3)229 소(3)230 전386-387
프셀루스 Psellus 공321 전178
플라누데스 Mximos Planudes 공334
플라톤 Platon 카82-83 철12 철98 철99
　철108 철109-115 철118 철127 철229
　전72-73 전314
플로베르 Gustav Flaubert 소(2)199
　소(3)57 소(3)81-84 소(3)204-207
　소(3)215 전384
플루타르코스 Plutarchos 전57 전177
플루타르크 Plutarch 문333
피란델로 Luigi Pirandello 전394
피셔 Caroline Auguste Fischer 소(2)202
피슈타 Gjergy Fishta 전416-417
피어 peer 소(2)36
피크리 Abdallah Fikri 전326
피터 Peter the Iberian 공351
필딩 Henry Fielding 소(1)91 소(1)247
　전354
필라이 Vedanayakam Pillai 전365
필란 Pillan 공171 철205 철222 철294
필사자 scriptoria 공393

## 3하

하급귀족 gentry 소(1)91 소(1)92 소(2)11
　소(2)38
하두가 Ben Hadouga 소(1)267 전488
하디 Syed Sheikh al-Hadi 소(1)262 전361
　전512
하디 Thomas Hardy 전384
하리세나 Harisena 문134 전158
하마르톨루스 Hamartolus 문279

夏目漱石 소(1)226-227 전460
하사니 Hasani, Huseini 공299 전284
하세크 Jaroslav Hasek 전415
하심 Ahmed Hashim 전451
하우저 Otto Hauser 세21 세118-129 철51
하우푸트만 Gerhardt Hauptmann 전384
하이네 Heinlich Heine 전389
하이칼 Muhammad Husayn Hykal
　소(1)255-256 전356 전492
하인리히츠 Wolfgang Heinrichz 세212
하인시우스 Daniel Heinsius 공403 전248
하인시우스 Nikolas Heinsius 전249
하킴 Tawfiq al-Hakim 전492
鶴屋南北 소(2)129 소(2)132 소(2)136
漢國厭世者 전331
閑樂子 소(2)135
寒士 공80 공81 공90 전99 소(2)287
韓龍雲 소(3)94-98 전478
韓愈 공47 공48 공81 문142-143 문145
　전163
할그림손 Jonas Hallgrimsson 전413
할라즈 al-Hallaj 철269-270
할리 Hali 공284
함순 Knut Hamsun 전412
함자흐 Hamzah 공288
嗨哩嘛哈 하260
向陽 전472 전473
許筠 세224 하484 하487 문394
　소(1)216-218 소(2)146 소(2)179 전338
헌팅턴 Samuel P. Huntington 하65
헤겔 Georg Wilhelm Friedrich Hegel
　세12-13 세45 세47-59 세73 세104
　공317 공425 문203 문466 철486 소(1)24
　소(1)44-51 소(2)42 소(3)214
　전378-379

헤라클리투스 Heraclitus 철105-109 철127
헤로도투스 Herodotus 공326 문115 문210
　문211-214 문220 문225 전53 전55 전56
　전64
헤루이 Heruy Wäldä Sellasé 공348-349
　전466
헤르더 Johann Gotfried Herder 세46-47
헤밍웨이 Ernest Hemingway 전430
헨리 Henry, Archdaecon of Humtington
　문276
헬메르스 Jan Frederik Helmers 전40
헷세 Hermann Hesse 소(3)125
　소(3)129-130 전386
玄光 하386
玄奘 문373 전191-192
혈통귀족 공50-51
慧皎 문368-369 전207
惠勤 문414 전216
慧立 문373
蕙水安陽酒民 소(2)138
慧超 전192
胡季犛 하133 하421-424 하426 하431-433
虎關師鍊 전208
호돈 Nathaniel Hawthorn 소(3)56
　소(3)75-78 전430
호라티우스 Horatius 전68
호메로스 Homeros 동484-485 문213
　문220 전45
胡適 동228 공99
호즈위리 Hojwiri 공260 문349
胡志明 하279-282 소(2)76 소(2)344 전259
胡春香 세343 공10-111 전261-262
湖海山人淸虛子 소(2)138
홀쯔베르크 Nikolas Holzberg 소(1)80
홍 녹 파크 Hoang Ngoc Phach 소(1)229

전482

洪大容　세113 하475 공98 철350 철369
　　철398 철408-415 철443 철488 소(1)20
　　소(1)23 소(2)57 전240 전241 전243
　　전327 전329
洪良浩　하343
洪萬宗　하244 문390 전210
洪秀全　전260 전473
洪直弼　소(2)183
洪義福　하477-479 소(1)192 소(1)194
　　소(2)147 소(2)179 소(2)184
華文軒如環子　소(2)129 소(2)131
화이트 Patrick White　전435
黃靮　문396
黃彦坊　하305
黃仁點　하267
黃金厚丸　소(2)129 소(2)131
黃山自惣　소(2)129 소(2)131
황용차 Huang Yongcha, 黃勇刹　전475

황 응오크 파크 Hoang Ngoc Phac
　　소(3)91-92
黃瀚　소(2)137 소(2)138
횔데린 Friedrich Hölderin　전390
후사인 Taha Husayn　공248
후소우스키 Mikola Husouski　전254
侯芝　소(2)137 소(2)138 소(2)144
휘트맨 Walter Whitman　전428-429
휴즈 John Ceiriog Huges　전404
휴즈 Langston Hughes　전431
黑鳶式部　소(2)129 소(2)134
戲家主人　소(2)135
戲笑軒　소(2)135
히니 Seamus Heaney　전406
히메네스 Juan Ramon Jimenes　전393
히에로니무스 Hieronimus　공373
히진스 Kathleen M. Higgins　철26
　　철41-43 철54
히크메트 Nazim Hikmet　전451

# 4 어떻게

– 작품, 인간형, 등장인물, 문헌, 자료

## 4가

家(島崎藤村)  소(1)316-322 전460 전479
家(巴金)  소(1)316 소(1)322-328 전470
　전479
佳景興情賦  문423
가르강튀아와 팡타그뤼엘 Gargantua-
　Pantagruel  공418 철390-396 전320-321
가르강투아 제1서 Gargantua premier livre
　철390
가르침 Torah  전75
伽婢子  하439-440
가정의 의무 Domestical Duty  소(3)49
　소(3)51
가타 Gatha  전63
家訓歌  문424 문439 전217-218
각국의 관습과 정신에 관한 시론 Essais
　sur les moeures et l'esprit des nations
　철433
閻羅風  문164 문166
간다밤사 Gandhavamsa  공212 공218
　문248
簡明東方文學史  세409
看千家詩有感  하281-282
갈릴레이의 생애 Das Leben des Galilei
　전394
갈보리 Calbharaigh  전403

甘棠(詩經)  하282
甘棠(阮鷹)  하381-382
감추어진 달 이야기 Ghorub dar ditari
　gharib  전455-456
江南十大民間敍事詩  동244
岡島冠山  하461
강령 Doktrin  전389
강릉추월  소(2)121-125
岡白駒  하461
姜維實記  하485
강철은 어떻게 단련되는가  소(3)123
江村  하322-326 하329-330
江戶生艶氣樺燒  소(3)17 전342
開卷警奇俠客傳  소(1)221 전342
개똥어미화전가  문417
開闢天地  동202
개화와 척사  전332
거꾸로 À Rebours  전385
거울들 al-Miraya  공245 소(1)256-259
　소(2)98 소(3)146-151 소(3)157 전492
居昌歌  문417
건달 picaro  소(1)56 소(1)88 소(1)90
　소(1)205 소(1)216 소(1)217 전348
걸리버 여행기 Gulliver's Tale  전320
劍訣  카161
게릴라 가족 Keluarga Gerilja  소(1)261
　소(3)174-183 전510-511

게사르 Gesar  동43 동289 동300-313
　동466 동483 동486 동489 하105 하106
　공191 문289 전135-137
激流三部作  소(2)322 전470
擊壤集  철325
격언집(사키야 판디타)  공194-195 공219
　문434-435 전220
결혼 춤 Wedding Dance  소(1)275 전515
景德傳燈錄  전208
見吏  하299
經國大典  하233-234
景德傳燈錄  철161
警民篇  하427
敬身篇  문418
涇陽王  하119-122
경제학비판을 위하여 Zur Kritik der
　politischen Ökonomie  세314
鏡花緣  하477 소(2)138 소(2)139
啓蒙篇  문418
계보 풀이 기도의 노래 Ku'auhau  동423
桂苑筆耕集  공85-86
故闕特勒碑  동314 문174-180 전171-173
古今和歌集  하356
고대사회 Ancient Society  세281
고대소설 The Ancient Novel, an
　Introduction  소(1)80 소(1)81
고대장본  동96
고도를 기다리며 En attendant Godot,
　Waiting for Godot  전394-395
고독한 산책자의 꿈 Les rêveries du
　promeneur solitaire  소(3)64
고라 Gora  소(2)22 소(3)134-143 소(3)157
　소(3)170 전503-504
高麗大藏經  하194 하195 하197 하199-225
　하239

高麗史  동69-71 하142 하147 전211
고리오 영감 Le père Goriot  소(1)248
　소(1)249
古文眞寶前後集  하293 전258
古文鐵砲前後集  하293 전258
고백록 Confessiones  공324 공376
　공378-379 문332 소(1)233
고백록 Confession (루소)  소(1)233
　소(3)64
古事記  동255-256 동263-265 하168 하178
　하179 하348 공471 문237 문238 전187
高山九曲歌  철327
高僧傳(金大問)  문379 전207
高僧傳(贊寧)  문372 전207
高僧傳(慧皎)  문368-369 전207
古詩爲張遠卿妻沈氏作  동146 동241 하290
　공95-97 전257-258
古詩爲焦仲卿妻劉氏作  동146-147
　동239-240 동214 전257
고요한 돈강 Tikhiy Don  소(3)244 전425
고향 Homeland  전484
곤도키 Godoki  소(1)276 전520-521
곰을 죽인 사람 Lacplesis  전420
곰의 노래  동152-154 전26-28
孔明先生實記  하485
孔雀東南飛  동146 동235 동239-240
空海  문376-377 전208
空海僧都傳  문377
공화국 Politeia  철111-112 전72-73 전314
恭和御製賜朝鮮琉球安南使臣詩  하260
과수원 Ha-pardes  전496-497
과일 사람 Manusyaphal  전325
과일에 관한 책  공338
과테말라의 전설 Leyendas de Guatemala
　전4541-442

郭再祐　문364 문364 전210

關東別曲　문414 철340 철341

關西別曲　문414

觀書有感　철330 철337

觀世音經象眞經　하425

觀音出身南遊記　하446

觀易吟　철325

關雲長實記　하485

關雎　하351-352

觀音氏敬　전306

管子　철69 철79-81 철123 철127

廣開土大王陵碑　동42 동43 하271 공82
　　문148-151 문164 문165 문173 문180
　　전163-164

廣德　문381

廣益書籍目錄大全　소(1)162

괴내깃당본풀이　동67-96 동237

괴내깃또　동67-96 동237 동420 동486

괴츠 Götz　소(2)216

교리의 역사 Sasanavamsa　문248

蕎麥　하292

교부들의 생애 Vie des Pères　공414

교회사 Historia ecclesiastica　공327 문267
　　문268 문275 전175-176

교훈의 책 Kitab al-Ibar　문261

구가 Guga　동408

舊觀心寺阿彌陀如來像光背　문160

九隆　동195-196 공121

구름　철110

구름의 使者 Meghaduta　공138-139 공214
　　전94-95

구만 Guman　동369

구스만 데 알파라체의 참회 uzman de
　　Alfarache, atalaya de la vida humana
　　소(1)238-239

구약성서　공321 공326 공327 공371 공373
　　공382 문266 전66-67 전75 전76 전178
　　전179

球陽　동178 하165 문223 문237 전187

구어 사용 주장의 역사와 그것이 이집트에
　　끼친 영향　공248

舊譯仁王經　하415

九雲夢　카96 하489 하490 소(1)117
　　소(1)119 소(3)17 소(3)35-47 소(1)218
　　소(2)120-125 소(2)146 소(2)150
　　소(2)158 소(1)162 소(2)180 소(2)183
　　소(2)248 소(2)252-253 소(2)256
　　소(2)262 소(2)264 소(2)296 소(3)14
　　소(3)17 소(3)18 소(3)19 소(3)35-47
　　전339

구전과 기록의 전승에서 본 세계문학 Die
　　Literaturen mündlichen und
　　schriftlichen Überlieferung　세22
　　세269-278 철52 철55

龜旨歌　세224

媚姬　하116-122

國性爺合戰　전307

國語詩義　하421

國譯大藏經　하199

국역대장경　하199

군사들은 죽은 장군 Gjenerali i ushtrise se
　　vdekur　전417

軍中對傳　소(1)222 전344

宮本武藏　전457

宮怨吟曲　문425 전262

勸善指路歌　문416 문424 전216

闕特勒　동314 문174-180 전171-173

歸去來辭　공79 전98

鬼神死生論　문398 철124-125

歸田園居　공80 전98-99

귀족들의 윤리 Akhaq al-asraf  공265-266
　전227
귀족적 경험과 근대문화의 기원, 프랑스
　1570-1715 Aristocratic Experience
　and the Origins of Modern Culture,
　France, 1570-1715  소(1)102-103
閨房閑談 Frauenzimmer Gesprächsspiele
　소(2)200
均如傳  문380
그것은 산에서 말하라 Tell It on the
　Mountain  전432
그릇된 교육 Salah Ashuan  소(1)261
　전510
그리스가 인도연극에 끼친 영향 Die
　griechische Einflüss im indische
　Drama  카66
그리스소설 Oxford Readings in the Greek
　Novel  소(1)81
그리스소설에서 바로크소설까지 Du roman
　grec au roman baroque  소(1)84-87
그 사람들이 이곳에 처음 왔다 They Came
　Here First  전433
그릇된 교육 Salah Ashuan  전510
그 평범한 이야기 Se tavallinen tarina
　전414
近世說美少年錄  하460
글라우콘 Glaucon  문121
金閣寺  전461-462
금강  동497 전481
金剛山  하256
今古奇觀  하444 소(1)222 전344
金銅釋迦像光背  문160
金銅阿彌陀如來佛像  문160
金輪千福  문285
金瓶梅  하460 소(1)220 소(2)158 소(2)170

소(2)249 소(2)262-264 소(3)17
소(3)18-20 소(3)21 소(3)22 소(3)23-28
소(3)41 소(3)42 소(3)43 소(3)44 소(3)47
전341
金毘羅船利生纜  하460
今昔物語集  문374
禽獸會議錄  전331
金鰲新話  세224 하439-440 소(2)179 전338
金雲翹  세342 동277 하294 하296 하297
　하394 하448-458 하466 하482 하496
　하500 하501 공13 소(1)192 소(1)222
　소(1)230 소(3)92 전258 전344 전482
金雲翹傳  하448 하449 소(1)222 전344
金雲翹新傳  하448
금은보화록 Kitab Akkbar-uz-Zaman
　문255 전181-182
金版大藏經  하197
기독교도 교범 A Christian Directory
　소(3)49
기독교들이 오다 Zuwan Nasara  공294
기독교성치 공화국의 상황 Republicae
　christianopolitanae descriptio  전318
箕東樂府  문240
岐路燈  소(2)138 소(2)139 소(3)17
饑鼠  하298
기수가  문417
祈雨  하298
起源之歌  동198 동201-202
箕子  하140 하149-150 하153 하259
記征人語  하302
紀剿徐海本末  하448
紀剿徐海本末附記  하448
기타바시아 Gitabhasya  철282 철285-293
기탄잘리 Gitanjali  전500
寄花子  하292

길가메쉬 Gilgamesh 동441-447 동448 동455 동456 동463 문210 전44 전58

김진옥전 소(2)121-125 소(3)14

金太子傳 소(2)146

꾀꼬리 강도 Solovei Razaboinik 전290

꿈만 같다 Saiky nofy 공306 전518

꿈의 변주곡 Dream Variation 전432

꿈하늘 전331

## 4나

나가라게르타가마 Nagarakertagama 문297

나가르주나 Nagarjuna 전205-206

나가세나 Nagasena 공209

나나 Nana 전384

나는 노예선에 실려 왔다 Vine en un barco negrero... 전444-445

나라를 위한 애도 : 캐나다 민족주의의 패배 Lament for a Nation : The Defeat of Canadian Nationalism 전434

나랑당안 Nalandanfan 동367

奈良佛隆寺梵鐘銘 문162

나를 건드리지 말라 Noli me tangere 소(1)274 전514

나무꾼과 선녀 동108 동187 동200 동219 동492

那善比丘經 공209 전75

懶翁和尙語錄 문388

나우탄키 공주 Nautanki Shahzadi 전300

나으리의 딸 Durgesh Nandin 전364

나의 박사 아들 M'hijo el doctor 전444

나의 슬픔 도난차 Ochon ! A Dhonncha 전406

나의 전장 소(2)357-363

나의 조국 Minii nutag 전476

나티아사스트라 Natyasastra 카56-64 카74 전95 전304

羅漢 Arhant 문363 전205

樂志篇 문418 문419

駱駝祥子 소(1)225 전471

날개 짓 전451

낡은 소설 읽기에 관해서 De la lecture des vieux romans 소(1)96

南宮先生傳 문394

南史 하97

南山新城碑 문155-156 전164

南炎浮洲志 철92

南征歌 문414

南總里見八犬傳 하462-476 하496 하499 하500 하501 소(1)192 소(1)221 소(2)158 소(2)172 소(3)17 전342-343

남풍 Rih al-janub 소(1)267 전488

拉空齊 하369-371

琅邪臺刻石 문127-129

낯선 사람 Gharib 전489

낯선 사람 Yaban 전452

冷齋書鍾 하266

네그리튀드 Négritude 전446

네 발 달린 짐승의 역사 공338

네 시기의 통치 Sii Phaeaendin 전463

네지마 Mejima 소(1)267 전488-489

盧江少婦行 동239-240 동241

蘆溪歌 철329 철331 철335

노래 (레게) 전501

노르웨이 고대국가의 역사 Historiae de antiquitae regum Norwagiensium 문278

노르웨이사 Historiae Norwegiae 문278

魯盤魯饒  동-198 동-219 전132 전276

노인과 바다 The Old Man and the Sea  전430

老子  철69 철76-79 철123 철127 소(1)18  전70 전71 전73

노후를 위한 집 한 채 Sebuch rumah buat  haritua  소(2)350-351

논누스 Nonnus  문336-337

論語  하170 공76 문395 철73 철74-76 철98  철99 철110 철127 철327 철329 철333  철334 철461-462 전70 전210

놀라움 De Verwondering  전408

놈모 Nommo  철64 전30

농민 Clopi  전419

농부 우투보로 Utuboro mkulima  소(1)277  전519

農家月令歌  전260

農務帳  철398

農事詩(黃彦坊)  하305

陋巷詞  문417 철331

눈먼 네로니이모와 그의 형  카37

勒俄特依  동-198 동-202

凌雲集  공86

늦은 시간 Oriau'r Hwyr  전404

니노 Saint Nino  공352

니벨룽겐의 노래 Nibelungenlied  동-461  동-464 동-467 공389 공421 공433 공447  공469 전148-149

니산샤만이야기  동-189-193

니티야그란타스 Nityagranthas  철281

**4다**

多賀城瓦研歌  하291

다라세나 Dharasena  문135-136

다란간 Darangan  동-364-365

다리우스 Darius  문118-121 전51

다비드 David de Sassoun  공350-351  전144-145

다타밤사 Dathavamsa  공211

檀君, 壇君  동-79 하149-150 하153 하259  전38

단순과거 Le Passé simple  전490

斷腸新聲  하448 소(1)222 전344

단절 Doan tuyet  전482

端川節婦詩  동-146 소(3)40

단타다투밤사 Dantadhatuvamsa  문247-248

달에게 말한다 Talking to the Moon  전433

담마파다 Dhammapada  공206-208 공210  공215 공219 문438 전62 전64

담마파다타카타 Dhammapadatthakatha  공214

담산  동-277

曇猷  문372 전207

答大明皇帝問日本風俗  하260

당나귀 이야기  공338

唐高僧傳  문372-373 문375 문379 전207

唐律國音詩  하425

黨生活者  전461

唐宋演義  소(1)220 전341

唐詩摘譯  하425

大鏡  문280

大序卷  철404

大南國史演歌  문282

大南列傳  소(1)221 전343

大唐西域記  문373 전191-192

大唐西域求法高僧傳  문373

入唐求法巡禮行記 전192-193

大唐慈恩寺三藏法師傳 문373

大同江 하256

大同風景賦 문423-424 전217-218

大頭和尙戱靑柳 전299

대륙에 보내는 인사 전512

大明高僧傳 문373

대변과 차변 Soll und Haben 소(1)248

大佛頂首嚴經諺解 하427

대비되는 생애 Bioi paralleloi 전57

大宋中興通俗演義 소(2)138

大僧都空海傳 문377

대양 Ocean 전388-389

대연대기 Chronica majora 문277

大遼國史 문291

大元盛世靑史演義 Köke sudur 동-299
전345 문290 전345

大越國當家第四帝崇善延齡塔碑 문164
전167

大越國史演歌 문425 전262

大越史記 하126-127 공83 문230 문231
문234 전187

大越史記全書 동275 하115-121 하126-127
하137 하154 하156 하182 하294 공17
문38 문45 문223 문240 문231 문234
전186 전187

大越史記全書序 문231-232

大日本史 하183 하191 문236 전187

大藏刻板君臣祈告文 하199-201

大藏經 하193-242

大藏經及消災道場音讚詩應製 하201-202

大正新修大藏經 하198 하213 하239

대지의 가슴, 아프리카의 문화와 문학에
대한 연구 Breast of the Earth, a
Study of African Culture and

Liter-ature 전525

大淸實錄 공117 문291

대통령각하 El senor presidente 전442

大學敬圖 철329

대화 철98 철99

德化碑 동42 동43 하271 하375 공84-85
공118 문164-168 문173 문183
전164-166

데미안 Demian 소(3)129-130 전386

데브나라얀 Devnarayan 동407 동410-411

데신구 임금님 이야기 Desingu Rajan
Kathali 전287-288

데조노이쿠사모이 동181

데카메론 Decameron 세389 공412
소(1)204 전335

덴동어미화전가 동147

덴마크의 위업 Gesta danorum 공389
공442 문273-274 문277-278 전176-177

道康瞽家婦詞 동241

道見月支使者獻馬歸國 하251-252 하273

道經西京 하255

到桂林 하280-281 하282

도끼 Baltagul 전417

도니의 세계 I Mondi del Doni 전318

도련님 坊っちゃん 소(1)226 전460

도리의 꽃다발과 그물 Dahamgatamalava
전221

도미니쿠스 Dominicus 문339 문340

陶山南濤 하461

陶山十二曲 하344 공104 전113

陶山十二曲跋 카102

도스비아드쯘스키의 모험 Mikolaja
Doswiadczynskiego przypadki 전324

도시 사람들 People of the City
소(1)279-280 전368 전521-522

도시의 노래 Song of the City   전438

渡鴨祿   하255 하256

檮杌間評   하460

桃園結義錄   하485

證道歌   철161

圖治要傳   공114-115 철398

獨樂堂   철331

독자 Reader   소(2)355-357

돈 소   (2)341-343 소(2)350

돈 강 이야기 Zadonschchina   공362 전124

돈 키호테 Don Quijote   소(1)52 소(1)54
　　소(1)56 소(1)88 소(1)239-241

突闕碑文   동314-315 공271

東經大全   카161

東京詞三十首   하292

東鼓王   동38 동-198 동211-214 동237 공122
　　전131

東觀記   하248

東國通鑑   하154-156 하182 문223 문230
　　문234

동굴 수도원장 聖데오도시의 전기   공360
　　문344

東明王篇   동42 동43 동122-123 동136-138
　　동268 하152 공470 전112-113 전133

東文選   소(1)90

동물농장 Animal Farm   전332

東方文學簡史   세409-410

東方文學史   세409-411 하82 철56

동방 성자들의 생애   문334-335

동방의 사명 Payam-i-Mashriq   전500

東方哲學槪論   철26 철34-39 철56

동아시아 구비서사시의 양상과 변천
　　하51-52 하68 철476 철488 소(1)40
　　소(1)203

동아시아 근대문학 형성과정 비교 고찰
　　소(1)40

동아시아문학사비교론   세219 세267 세342
　　하51 하67 하81 공68

동아시아, 중국 일본 한국 월남 East Asia,
　　China Japan Korea Vietnam   하61

동아시아 위대한 전통 East Asia, the
　　Great Tradition   하62

동양과 서양 Orient et occident   세31-32

동양주의 orienralism   세33-34

東人詩話   하244

東巴經   동200 공120-121 철67-68 철69
　　전31

東巴久   공120-121

東漢演義   하484 소(1)220 전341

東海   하268

東海道中膝栗毛   소(3)17

두 개의 길 Do Raste   카240

두껍전   소(2)121-125

두 도시의 역사 Historia de duabus
　　civitatibus   문270-271

두만강   전481

두 무릎에 Ar en deulin   전402

杜詩諺解   하329 하427 하429

杜米那碓左   동206-208

兜率歌   하364

兜率歌(月明師)   하332-333

竇娥寃   전305

豆乳   하292

드란자 Dranja   전417

드리니강의 다리 Na Drini cuprija   전416

드홀라 Dhola   동408

등대로 To the Lighthouse   소(3)221

디아돈   동277

디온콜로니 Dionkoloni   동460

디케니스 아크리타스 Digenis Akritas

공336-337 공474 전146
디파밤사 Dipavamsa  공21 문245-246
땅과 물의 생성에 관한 제사  동277
땅의 저주 Nefrin-e zamin  전456-457
또 다른 중세를 위하여 Pour un autre
　moyen age  하33

## 4라

라마누자 Ramanuja  문357-358
라마야나 Ramayana  세111 카91 카174
　카187 카240 동351 동358 동359 동385
　동391-394 동405-406 동408 동415
　동461 동469 동470 동486 동488 하447
　공134 공138 공159 공172 공173 공223
　공224 공468 문355 전46 전58 전152
　전153 전154 전155 전263 전264 전284
　전287 전303
라마의 재생 Wahju Purba Sedjati  전303
라마 이야기 Ramakian  공223
라마차리트마나스 Ramacaritmanas
　공159-160 전263-264 전284
라마키안 Ramakian  동385 공223-224
라모의 조카 Le neveu de Rameau ou
　satire seconde  철435-439
라바우 동곤 Labaw Donggon  동363-364
라사바히니 Rasavhini  공212
라자라트나카라야 Rajaratnakaraya  문302
　전188
라자라타나카라 Rajaratanakara  공215
　문302
라자로의 생애 La vida de Lazaeillo de
　Tormes  소(1)237-238 소(1)243
　소(3)112

라자쿠마르 왕자의 비문 Rajakumar
　공217
라자타란지니 Rajatarangini  문243-244
라틴어시 선집 Anthologia latina  공377
라하시아트라야사람 Rahasyatrayasaram
　문432-433
란다마보크 Landamabok  문311
람앙 Lam-ang  동368
레이라와 메즈눈 Meyla-Mejnun  공277
로마소설 Oxford Readings in the Roman
　Novel  소(1)81
로마 산책 Promenades dans Rome
　소(1)138
로빈 후드 Robin Hood  전291
로산느에서 쓴 편지 Lettres écrites de
　Lausanne  소(2)198
로시디 Ajip Rosidi  소(2)350-351
론느강의 시 Lou pouèmo dou Rose  전401
롤랑의 노래 Chanson de Rolland  동461
　동464 동467 동483 공413 공469
　전148-150
롬바르디아의 역사 Historia langobardorum
　공386 문272-273 문278
루바이야트 Rubaiyat  세143
루드라다만 Rudradaman  문132 전158
루소가 장-자크를 판결한다 Rousseau
　juge Jean-Jacques  소(3)64
루앙임금의 격언집 Suphasit Phra Ruang
　공219 문436-438 전222
루앙임금의 三界 Tribhumi Pharuang
　공219
루오드리브 Ruodlieb  공388
루칼반다 Lugabanda  동442
르네 René  소(3)78
리비스토로스와 로담네

Libystros-Rhodamne  공338
리스본의 참사에 관한 시 Poème sur le
    désastre de Lisbonne  철433
리옹고 서사시 Utendi wa Lion  공299
    공470 전142 전284
리차드슨 예찬 Eloge de Richardson
    소(1)97
린코네테와 코르타디요 Rinconete y
    Cortadillo  소(1)239-241

## 4마

마나스 Manas  동289 동313-327 동466
    동469 동489 공268 공470 전137-138
    전148
마니메카라이 Manimekalai  동398-399
마농 레스코 Histoire du chevelier des
    Grieux et de Manon Lescaut  소(3)56
마다나 모하나 Madana Mohana  전286
마디야마카카리카 Madyamakakarika
    공144
마르코 Marco  동468 동469 전147-148
    전288
마우이 Maui  동425428
魔의 山 Zauberberg  소(3)130-133
    소(3)134 소(3)179 전386
마이소그 Maisog  동362
마하차트 캄루앙 Mahachat Khamluang
    공221
마트로나 Matrona  공328
마하바라타 Mahabharata  마89 카174
    카187 카240 동351 동359 동391-392
    동405-406 동408 동461 동469 동486
    공134 공138 공182 공183 공468 문296

철282 철285 전46 전152 전153 전284
    전303
마하바시아 Mahabhasya  공135
마하밤사 Mahavamsa  공211 공215 공495
    문246-247
마하보디맘사 Mahabodhivamsa  공211
    문247
마하 야-자윈-기 Maha ya-zawin-gyi
    공218
馬韓  하256
마힌다 Mahinda  전188
萬國津梁鍾銘  동42 동43 하164 문169-172
    전167
滿文老擋  공117 문291 문292
萬憤歌  문414
漫成  공91
萬葉集  세388 동267 하284 하356 하362
    공106 공107 공472 전11
挽人  철124
滿洲源流考  동187 문291
漫興  하383-384
말라비카와 아그니미트라
    Malavikagnimitra  카94
말레이역사 Sejarah Melayu  공289
    문318-322 전185
말명할머니  동113-114
梅葛  동198 동203 공122
賣兒嘆  하303-304
貉龍君  하116-122
맥베드 Macbeth  카230
孟子  공76 문395 전210
메가두타 Meghaduta  공138-139 공168
메메드 Memed  소(1)260 소(3)143-146
    소(3)151 소(3)157 전452-453
勉農夫  하298

俛仰亭歌 문414-416 철328 전216

멜라니아 Melania 문336 전199

明史 문33-35

明星 동252

名詩寶鑑 Subhasitaratnakosa 문136

明詩綜 하259 하261 하262

明實錄 문235

명언보감 Legs bshad rin po che'i gter
　　공194-195 공219 문434-435 전220

명예롭지 못한 시 Cerddi'r Cywilydd
　　전404

明行貞義錄 소(2)278

모든 사물의 내면적 의미에 바쳐진 시편
　　Mathnavi-i manavi 공262 문444-445
　　철267-269 전225-226

牧丹亭 전305

모래 위의 선장들 Capitaes da areia 전441

모레아의 기록 Morea 공338

모발 탈취 The Rape of the Lock 전292

모세 Moses, Moise 동69 전38 전38

矛盾論 소(1)24

모스크바 大公의 역사 공363

모차르트의 생애 Vie de Mozart 소(1)138

모험소설 Novelas ejemplares 소(1)233

모험하는 심풀리시시무스 토이츠 Der
　　abentliche Simplicissimus Teutch
　　소(1)241-242 전351

목가시 Elogas 소(1)233

牧丹長者 동272

木蘭辭 동238-239

몰라사사나 Molasasana 문302 전188

몰 플랜더스 Moll Flanders 소(1)247
　　소(3)56 전354

夢見諸葛亮 하486 전331

夢見周公記 철329

蒙古源流 한110 문285 문286-289 문291
　　전190

몽골 諸汗 원류의 寶綱 Qad-un
　　ündüsün-ü erdeni-yin toci 하110
　　문286-289 전190-191

몽골비사 동298-299 하108-110 문282-284

夢拜金太祖 전331

몽상 소(2)243 전464

夢遊野談 소(2)149

妙法蓮華經諺解 하427

무너져내린다 Things Fall Apart
　　소(1)280-281 소(3)168-173 전527

巫女의 공수 공445

무당 Umthakathi 전516

武夷櫂歌 철326-328 철338-329

無逸篇 하421

無情 소(1)226

무지에 의한 단죄 소(2)243 전464-465

무카디마 Muqaddimah 세46 공243 문65
　　문261-265 전183

무투파탄 Muttuppattan 동404

무함마드 Muhammad 전77

문곡성 동82-89 동487

문명을 이루는 원인의 숨은 내막 al-Asrar
　　al-Ghaybiyah li Asbad
　　al-Madaniyyah 전454

문명의 문법 Grammaire des civilizations
　　하33-34

문명의 충돌 The Clash of Civilization and
　　the Remaking of World Order 하42
　　하65

文賦 공78 공79 전97

文選 공79 전98

문신을 그려 넣은 기억 La Mémoire tatouée
　　전490

文心雕龍  공78-79 문195 전97-98

文策  철335 철336

文華秀麗集  공86

문예사조  세23f

問造物  철92 철104

文學槪論  동252

문학과 서양문명 Literature and Western Civilization  하73

문학대화 Convrobiri literare  전417

문학사, 시초에서 현대까지의 독일 및 외국의 문학 Literaturgeschichte, die deutsche und fremde Dichtung von den Änfangen bis zur Gegenwart 세21 세156-168 철52 철54

문학사강의 Vorlesungen über die Geschichte der Poesie 세20 세61-67 철50 철57

문학사에서의 문학갈래의 진화 L'Evolution des genres littéraires dans lhistoire de la littérature 세282-283

文學序說  동251

문학을 통해 본 세계 The World through Literature 세22 세242-246 철52

문학의 개요 The Outline of Literature 세21 세130-138 철51 문57

문학의 새로운 핸드북 Neues Handbuch der Literaturwissenschaft 세22 세206-230 철53 철54

문학의 성장 The Growth of Literature 세21 세296-304 철52 철57

문학의 세계사 Weltgeschichte der Literarur 세21 세118-129 철51

문학의 일반적 역사 Allgemeine Geschichte der Literatur 세20 세67-77 철50 철57

문학의 일반적 역사 Histoire générale des littératures 세22 세188-206 공317 철52 철54

문학의 일반적 이야기 (구베르나티) Storia universale della letterature 세20 세77-83 철50

문학의 일반적 이야기 (프람폴리니) Storia universale della letteratura 세22 세163-169 철52

문학의 진화 The Evolution of Literature 세21 세293-296 철51

문학의 큰 지도 Le grand atlas des littératures 세23 세304-310 철52

문화영웅  동118 동155 동206 동247 동422

문화와 제국주의 Culture and Imperialism 세34-35

물결 Vagues  전524-525

물고기에 관한 책  공338

물라사사나 Mulasasana  공220-221 문248 문302

물소 Con Trau  소(1)230 전483

므와마 파티마 Mwama Fatima  동462

므윈도 Mwindo  동69 동418-422 동452 동454 동487 전44

미국의 비극 An American Tragedy  전430

미라바이 Mirabai  전204

彌勒眞經纉音  하425

미문연대기 Les annales gallantes 소(2)198

미야-제이-디 비문 Mya-zei-di-  공217

미학강의 Vorlesungen über die Ästhetik 소(1)44-51 전378-380 전378-379

米恒哲  동205

민다나오의 신화 Mindanao-  동367

민중 이야기 Narodni opovidannya  전426

밀라레파 道歌集
　Mi-la-ras-pavi-magru-vbum,
　米拉日巴道歌集　문-266-367
밀라레파전 Mi-la-ras-pavi-r nam-thar,
　米拉日巴傳　문-266-367 전206
밀란다의 질문 Milanda-　공208 공217
밀란다 판하 Milanda Panha　공-208-209
　전75
밀월 Die Honigmonathe　소(2)202

## 4바

바가바드 기타 Bhagavad Gita　카174
　공135 공153 공207 철146 철224 철282
　철285 철288 철309 전61-62 전64 전286
바다 Havet　전411
바다 제사　동277
바다드 자카 텅키르 Badad Jaka Tingkir
　문297
바다드 타나흐 자비 Badad Tanah Javi
　문297
바다의 침묵 Le silence de la mer
　소(3)184-187 소(3)192
바디의 역사 Katib al-Badi　공237 전101
바라타유다 Bharatayudda　공181
바람의 신을 찾는 마타바그카
　-Matabagka　동367-368
바리공주　동64 동126-134 동487 동488
　전132
바바드 불레렌 Babad Bulelen　공187
바수르 Basur　동459 동490 공186
바카리디안 Bakaridian　동460
薄命　소(3)94-98
博士難　공86

박씨전　소(2)120-125
盤古　동201 하152 철66 철67 전30 전36
盤古至唐虞傳　소(2)138 소(2)139
潘金蓮　소(2)170
盤生　동201 철67 전30 전36
반이교도대전 Summa contra gentiles
　철229
反招魂　하277-278 하456
반투간 Bantugan　동364-365
발찌의 노래 Cilappatikaram　동394-398
　동470 동489 동490 공172 전46
　전154-155 전156
발타리우스 Waltharius　동461 동490
　공387 공447 공469 공470 전148
밤의 오락 Tafrihat-i shab　전456
방콕-타이랜드 Bangkok-Thailand　전465
白頭山　전480-481
白毛女　전469
百鳥衣　전475
방랑자의 밤노래 Wanders Nachtlied
　전251
防雪林　전461
放羊歌　동198 동208
方外人　소(1)217
방콕 시대의 왕조연대기 제1부
　Phraratchaphongsawadan Krung
　Ratanakosin Ratchakan Thi Nung
　문303
배뱅이굿　동140 동189 동490
俳諧獨吟一日千句　소(3)21
百家姓　소(2)166
백년의 고독 Cien anos de soledad
　소(3)152-157 전332 전442-443
白藤江賦　공89 전114
白藤海口　공88 공105 전114-115

白髮篇  문418
白雲和尙語錄  문388
백학선전  소(2)121-125
白話文學史  동228 공99 공246
뱀의 章  공206
버거의 딸 Burger's Daughter  전438
飜譯小學  하427 하428 하429
번역에 관한 공개서한 Sendbrief vom
    Dolmetschen  공424
法句經 Dhammapada  공206-208 공210
    공215 공219 문438 전62 전64
法世物語  철404-408 전328-429 전331
法顯  문370-371 전207
벚꽃 동산 Vishnyovyy Sad  전423
베다 Veda  카152 공43 공134 공135 공145
    공171 문242 철86 철100 철105 철146
    철196 철200 전59 전65 전90-91
베단타디파 Vedantadipa  철282
베단타사라 Vedantasara  철282-285
베단타산그라하 Vedantasangraha  철281
베산타라 자타카 Vesantara Jataka  공221
베오울프 Beowulf  동461 동464 동467
    동483 공432-434 공447 공469 전45-46
    전148 전389
벨탄드로스와 크리산트자 Belthandros-
    Chrysantza  공337-338 전146
法句經  공207
法隆寺金銅釋迦像光背  문160
변신 Die Verwandellun  전332 전387
변하는 마을 Gam Peraliya  소(1)272 전507
弁韓  하256
寶鏡警戒  공104-105
보리수 이야기 Mahabodhivamsa  공211
    문247
보리스와 글레브 이야기  공359-360

보바리 부인 Madame Bovary  소(3)57
    소(3)81-84 소(3)86 전384
보살 bodhisattva  문363 전205
보석 띠 Manimekalai  동398-399 공172
寶壤  문382
普愚  문389
報恩奇遇錄  소(1)219 소(2)152 소(2)249
    소(2)274 소(2)278-289 소(2)293
    소(3)31 소(3)110 소(3)127 전339
寶典 Trésor  문451
보편의 노래 Canto General  전441
보헤미아의 역사  전415
普賢十願歌  하337
복음서 Evangelienbuch  공421
伏羲  철66 전30
本生譚 Jataka  동384 동389 공209-210
    공214 문328 전74
本願寺聖人親鸞傳繪  문378
本義必用經  문285
本朝高僧傳  문376
本朝水滸傳  하462
本朝女鑑  소(2)174
本朝通鑑  하169 하170 문230 문236
본질 Sab Ras  전324
봄의 소리  전420
봉건사회 Societé féodale  하33 공37-38
봉산탈춤  카81-163 전296
奉呈朝鮮國進賀使徐刟書  하267
奉朝鮮命至京  하255
鳳凰愁  문11
부덴부르크스 Buddenbrooks  소(2)42
부루스 The Bruce  전151
부르테치노 Brutecino  하111
夫婦篇  문418
부상가와 야상가 Busangga-Yasangga

동380
浮石逢老漁   하295-296 전258
婦人篇   문418
부토다야 Vuttodaya   전91
북국의 신화 Nordens mytholgi   전409
북새곡   문417
北宋演義   하484
分類杜工部詩諺解   하427
불가촉천민 Untouchable   소(1)269 전503
佛圖澄   문371-372 전207
佛所行讚 Buddhacarita   공137 전97 전133
   전153
佛齒의 역사 Dantadhatuvamsa   문247-248
佛齒 이야기 Dathavamsa   공211
불행한 여행자 잭크 월튼의 생애 The
   Unfortunate Traveller or the Life of
   Jack Wilton 소(1)241 전351
붉은 땅의 딸 Nguoi con gai dat do   전485
붓다차리타 Buddhacarita   동137 동470
   공137 공207 공208 공212 문130 문329
   전153
브라반트 Sigieri de Brabant   철240
브리타라트나카라 Vrittaratnakara   전91
브리하다란야카 우파니샤드
   Brihadaranyaka Upanishad   철87-88
블라디므르 Vladimir   문308-309 전180
블라지미르 대공의 교훈서   공360-361
비가 Liamant   전254
비게 카간 Bigä Qavan   문174
비교철학입문 Introduction to
   Comparative Philosophy   철26
   철39-41 철57
比丘尼傳   문373
비단 소녀 Qiz Zibek   전283
비망록 Sectretum   소(1)233

비안자지아파 Bianzajiapa   동379
비와 토지 Yagmurlar ve Topraklar   전453
비자야 Vijaya   하95-96 전188
비장의 기록 Anecdota   전178
비자크 Bijak   철299 철300-302
비크라마 임금의 행적 Vikramkedeva-
   carita   문242-243 전153-154
비크라마케데바-차리탐 Vikramkedeva-
   caritam   문242-243 전153-154
빈곤 Sult   전412
빌러브드 Beloved   전432
빌헬름 마이스터의 수업시대 Wilhelm
   Meisters Lehrjahre   소(1)246 소(2)202
   소(2)249 소(2)290 소(2)291-296
   소(3)31 소(3)110-112 전353
빵 al-Raghif   전494
빼앗긴 들에도 봄은 오는가   전479
뽀뽈 부 Popol Vuh   동431-441 동449
   동454 동455 동457 동480 동489 전31
   문207-209 전31 전32-33

## 4사

事君篇   문418
史記   동297 하167 공76 문127 문210
   문214-219 문225 문226 문227 문228
   문229 문230 문233 문263 전53 전54
   전56 전57 전185 전211
詞記山花詠蒼洱境   하376-378 공118-120
사담마라트나발리 Saddhammaratnavali
   공214 공215
四大奇書   하446 하483 하498 소(1)161
   소(3)18
사도와 제왕의 행록 Kitab al-Muluk-war-

Rusul  문254 전181

사드코 Sadko  전290

사람 나무 The Tree of Man  전435

사람과 바다 L'homme et la mer  전390

사랑을 속삭일 무렵  소(1)279 전368 전521

사루나스 Sarunas  전420

査媽  동198 동203 공122

四明館驛簡龍河猷仲徽  하274-275

謝名思  동182

사무드라굽타 Samudragupta  문133-134
    전158

사무타고테 왕자의 이야기 Samutthakote
    Khamchan  동384 동390 동470
    공221-223 전278

사물의 본성 De rerum natura  철115-126
    전64-65

思美人曲  문414 철340 철341

사사나밤사 Sasanavamsa  문248

四書  하427 하433

四書三經  하428

四書諺解  하433

四書五經  소(2)166

士燮  하130 하150

裵蘇  하141

사씨남정기  소(1)103 소(1)114
    소(1)115-136 소(1)180 소(1)181
    소(1)183 소(1)184 소(1)185 소(1)186
    소(2)120-125 소(2)146 소(2)150
    소(2)158 소(2)179 소(2)180 소(3)17
    소(3)36 소(3)40 전339

謝氏南征記後序  소(2)180

簑翁片言  철398-403 전328

사이드 Abu Sa'id  문349

沙提曲  철331

사쿤탈라 Sakuntala  카72 카81-163 공138

문56-57 전95-96

斯巴問答歌  동302

思鄕  하273

思鄕作  하272

산다와라 만세 Long Live Sandawara
    전436

산문 에다 Poetic Edda  공445 공448 공449
    공450 문31-313 전109

산스크리트연극 The Sanskrit Drama
    카66-68

산악에 버림받은 사람 Gorski vijenac
    전415

산악의 기타  전416

山陽大戰  하485

산촌미녀  전332

山花碑  하376-378 하379 하380 공118-120

山後  전306

살랑보 Salammbô  소(3)215

살리나 Salina  소(3)98-101

薩摩詞八首  하292

薩歲之歌  동198 동209 동486 공122 전46
    전129 전156

삶의 찌꺼기 She'erith ha-hayim  전496

三江海錄  소(2)180

三綱行實圖  하426 하429

三經  하427 하433

三國史  전187

三國史記  하126 하250 공19 공83 공471
    문62 문228 문230 문231 문239 문380
    전186 전187 전211

三國遺事  세345 하152 하171 공19 공20
    공471 문62 문238 문239 문237 문313
    문375 문380-387 전187 전207-208

三國志  전57

三國志演義  세370 하460 하461 하483 하484

하485 하498 하499 소(1)117 소(1)192
　　소(1)220 소(1)273 소(2)120-125
　　소(2)138 소(2)158 소(2)262 전341 전366
三代　소(2)249 소(2)316 소(2)328-337
　　전479
三里灣　소(3)245 전471
상복이 어울리는 엘렉트라 Mourning
　　Becomes Electra　전431
三姓　동71
三乙羅　동71 동273
三字經　소(2)166
삼판타르 Campantar　문356
三皇五帝　하152
삽도 세계문학사 Illustrierte Geschichte
　　der Weltliteratur　세20 세67-77
相望日本　하255-256
尙武　동236-237
尙書　철69
賞春曲　문414
書經　하421 문115
西廂記　공99
湘中八雄傳　하462
새들의 회합 Manteq al-Tair　공262 공473
　　문443-444 철267 철269-280 전120
　　전225 전314
새로 쓴 편지 Novyja listy　전427
새로운 세계 Haddis Alem　전466
새로운 아틀란티스 New Atlantis　전319
새로운 엘로이즈 Nouvelle Héloïse　철420
　　소(3)64-70 소(3)71 소(3)72
새의 使者 Sälalihini-sandesa　공214
生克論의 역사철학 정립을 위한 기본 구상
　　소(1)41
생애전 Zhitiye　공363-364 문345 전255
샤부흐란간 Shabuhrangan　전76

샤카 Chaka (모폴로)　소(1)278 전367
샤카 Chaka (셍고르)　전524
書經　전54
徐敬德　문398 문399 전211
서귀포본향당본풀이　동52-57 전29
徐起　문398 전211
徐福　하166 하254-255
敍事詩與民族精神　동231-232
서사시의 전통과 근대소설　소(1)40
서설 Muqaddimah　세46 공243 문65
　　문261-265 전183
서양의 몰락 Der Untergang des
　　Abendlandes　세31
서양의 오염 Gharbzadegi　전456
西遊記　하446 하447 하460 하461 하483
　　하484 하485 하498 하499 소(1)222
　　소(2)138 소(2)139 소(2)179 소(2)262
　　전340 전344
西遊記跋　소(2)179
西遊傳　하446 소(1)222 전344
西遊傳記　하446
西藏王統世系明鑑
　　Rgyl-rabs-gsal-havi-me-long　문295
서정시집 Liricorum Libri　전253
書出池　공20
서편제　카29-45
西浦漫筆　소(1)116-117
西浦年譜　소(1)117
西浦集　소(1)116
棲霞堂雜詠 石井　철337-338
西漢演義　하484 소(1)220 전341
釋迦　하 95-96
釋迦佛造像記　문159
釋迦如來行蹟頌　동136-137 문239 문279
　　전133

釋譜詳節 카37 동104 하427 하428 하429
夕鶴 전458
釋華嚴經敎分記 하415
仙桃山聖母 동133 하141
船上歎 문417
善友太子傳 카37
善惡大典 Somme de vertues et vices
　　문451
禪苑集英 전209
禪宗永嘉集諺解 하427
薛公瓚傳 소(2)146
薛氏三代錄 소(2)180
薛六郎 동248-250
薛仁貴傳 소(2)185
섬의 역사 Dipavamsa 공21 문245-246
聖德大王神鍾銘 동42 문156-158 문165
　　전164-165
성모 마리아 헝가리어 비탄가 Omagyar
　　Maria-sirlom 공427
醒夢要論 철398
聖武親征錄 문285
星山別曲 문414 철328 철328-340 철349
　　전216
성서 Bible 동434 공392 공414 공424 공427
　　문208 문265-266 문271 철254 소(2)205
　　소(3)49 전33 전68
醒世姻緣傳 소(3)17
성스러운 칼에 바치는 찬가 Chandi di var
　　전287
聖 안토니우스의 생애 - Anthonius -
　　문333 전197-198
성자들의 기억 Tadhkerat al-Auliya
　　공260
성자들의 생애(비잔틴) 문335
성자들의 생애 Vies des saints 문450

성자들의 행록 Tadhkerat al-auliya
　　문349-352 문369 철269 전203
성자전 독본 Legenda sanctorum 문337
성자전 황금본 Legenda aurea 공427
　　문273 문337-342 문369 철242
　　전200-201
성조신가 동138-139
세 가지 행실 Crap trineti 문439-441
　　전223-224
世間胸算用 소(2)258
세경본풀이 동40 동104-109 동144 전280
세계문예사조사 세23 세419-422 철53
세계문학 및 그것이 일반문학에서 차지하는
　　위치 World Literature and its Place in
　　General Culture 세21 세139-144 철51
　　철58
세계문학간사 세22 세398-409 철53 철56
세계문학개관 Weltliteratur, ein Überblick
　　세22 세179-182 철51
世界文學史槪說 세22 세361-363
세계문학사 (바움가르트너) Geschichte
　　der Weltliteratur 세21 세94-108 철51
세계문학사 (라트스) Geschichte der
　　Weltliteratur 세22 세182-188 철52
세계문학사 История Всемирной Литературы
　　세22 세324-356 철53 철55-56
세계문학사개관 Geschichte der
　　Weltliteratur in übersichtliche
　　Darstellung 세21 세83-108 철51 철53
세계문학 속의 러시아 사실주의
　　Der russische Realismus in der
　　Weltliteratur 소(3)219
세계문학사의 허실 공41
세계문학의 역사 世界文學の歷史 세22
　　세364-372 철52

세계문학의 흐름 世界文學の流れ 세22 철52

세계문학 이야기 The Sory of World's Literature 세21 세145-155 철51 철53

世界文學入門 (高橋健一) 세22 세363-364

世界文學入門 (矢崎源九郞) 세22 세372-373

세계문학 입문 연구 Literature of the World, an Introductory Study 세21 세240-242 철51

세계문학 핸드북 Handbuch der Weltliteratur 세22 세169-173 철52

세계사 Weltgeschichte 세59-60

世界思想史 하23-240

세계사서설 Muqaddimah 세46 공243 문65 문261-265 전183

세계의 모습 Image du monde 문451

세계의 운전자 Cursor mundi 전231

세계정복의 역사 Taikh-i Jahangushan 문304 전184

세계철학사 (소비에트과학아카데미) 철26 철27-31 철55-56

세계철학사 (슈퇴릭히) 철26 철31-32 철53

세계철학사입문 World Philosophies, an Historical Introduction 철26 철43-46 철54

세계철학편람 A Companion to World Philosophies 철26-27 철46-50 철57-58

세계화시대의 철학 Philosophie im globalen Zeitalter 철464 철466 철472-474

세 든 사람과 집주인에 관한 시 공295-296

세메테이 Semätäi 동325-326

세빌리야의 이발사 Le barbier de Séville 전309

세상의 도움 Lokopakaraya 전221

세상 진리 개요 Lovadasangarava 전221

세이테크 Seitäk 동326

洗恥記 전331

소나무(바브조) 전417

소대성전 소(2)120-125 소(2)185

小說神髓 소(1)194

소설의 기원에 관한 편지 Lettre sur l'origine des romans 소(1)84-87

소설의 등장, 디포, 리차드슨, 그리고 필딩에 관한 연구 The Rise of the Novel, Studies in Defoe, Richardson and Fielding 소(1)76-80

소설의 사회학을 위하여 Pour une sociologie du roman 소(1)70-76

소설의 여성화 The Feminization of the Novel 소(1)93-93

소설의 이론 Die Theorie des Romans 소(1)51-59

소설의 진정한 역사 The True Story of the Novel 소(1)83-84

召樹屯 동381 동492 전277

蘇氏明行錄 소(2)146 소(2)153

小樂府 하289 전256

小有亭歌 철331

소제 바탄 Soze Vatan 소(1)154

소크라테스 Socrates 철110-112

소크라테스에 관한 추억 소(2)195

小學 하428 철344

小學國音 하425

小學諺解 하428

小學忠孝圖 철329

蘇賢聖錄 소(2)180

小華詩評 하244

續高僧傳 문372 전207

續金瓶梅  소(2)138 소(2)139
續美人曲  철340
續水滸傳  하472
속어론 De vulgari eloquentia  공409-410
續紅樓夢  소(2)138 소(2)139
손디아타 Sondiata, Son-Jara, Sunjata
　　동460 동467 동488 문206 전141-142
손-자라 Son-Jara, Sondiata, Sunjata
　　동460 동467 동488 문206 전141-142
松江歌辭  철335
송강·노계·고산의 시가문학  세226
松江集  철335
宋高僧傳  문238 문372-373 문375 문379
　　문382 문383-384 전207 전208
송당본향당본풀이  동67-96 동273 동454
送元二使西安  하342-343
松贊干布遺訓  하105
송첸감포 Songtsen Gampo, 松贊干布
　　동31 하105 공21 공188 공190 문295
　　문364
宋版大藏經  하197
松花江放船歌  하302
秀吉一代와 壬辰錄  소(2)126
수녀 La religieuse  철435
隋唐演義  하446 하484 소(1)222 전344
수렵도  동334
首露  동134 하140
수르다스 Surdas  문360-361 전204
수다마의 노래 Sudamacharita  전286
수박 Qua Dua Do  소(1)229
繡像通俗金雲翹  하451
水石緣  소(2)138 소(2)139
愁城誌  전314
粹語傳  하461
수영야류  카104

殊異傳  문380
水晶鑑  문285
水晶念珠  문285
수타니파타 Suttanipata  공206
수피의 교리 Kitab al-Ta arruf li-madhhab
　　ahl al-tasawwuf  문347 전202
淑英娘子傳  소(2)249 소(2)274-278
淑香傳  소(2)121-125 소(2)185
水滸傳  카211 하460 하461-462 하465
　　하472 하483-484 하485 하498 하499
　　소(1)192 소(1)219 소(1)220 소(1)221
　　소(2)262 소(3)18 소(3)24 전340 전343
水滸全傳譯解  하461
水滸繪傳  하460
숙영낭자전  소(2)120-125 소(2)249
　　소(2)274-278
숙향전  소(3)13
순교자들의 행적  문335
손디아타 Sunjata, Sondiata, Son-Jara
　　동460 동467 동488 문206 전141-142
순교자전 Book of Martyrs  전201
淳昌歌  문417
舜天  하158-160 하161-162 하166
순타라르 Cuntarar  문356
숨은 신 Le Dieu caché  소(1)68-70
崇搬圖  동198 동200-201 공120-121
述興  하383-384
술판의 Bustan a's-Salatin  정원 공288
쉬바 Sheba  전179
슈테른하임 출신의 아가씨 Geschichte des
　　Fräuleins von Sternheim  소(2)201
슈페만출판사 황금색 총서 세계문학사
　　Spemanns goldenes Buch der
　　Weltliteratur  세21 세230-234 철51
슈샤니크 Shushanik  공352

스리바시야 Sribhasya  철282
스리칸타 Srikanta  소(1)271 전504
스승들의 빛나는 法統
　　Guruparamparaprabhavam  철205
스웨덴의 운명과 모험 Svenska öden och
　　äfventyr  전410
스테판 Stephan  공388
스트라스부르 맹약문 Serment de
　　Strassbourg  공413
슬레바노-불가리아 역사 Istoriya
　　sleveno-bolgarskaya  전255
슬픔과 불행 이야기 Povest'o
　　Gore-Zlochastii  공363 전255
僧度  문271
僧元歌  문414 전216
시각 Doi mat  소(2)343-350
시간 연장 Fatrah min az-Zaman  전326
詩經  동186 동235 동235-236 동496 하315
　　하317 하318 하351 하378 하382 하421
　　공76 전57-58 전65 전68 전90
始古開闢東夷王  하255 하258
시골의 기도 Votum rusticum  공401 전248
시구르드 Sigurd  공445 공447
시그프리트 Sigfried  공447
시누타프카 Shinutapka  동170-171
시드의 노래 Poema del Cid  동461 전150
시민귀족 Le bougeois gentilhomme  전309
시민소설 Le Roman bourgeois  소(1)99
　　소(1)104
시민의 싸움, 1789-1948년간 프랑스소설
　　The Battle of the Bourgeois, the
　　Novel in France, 789-1948
　　소(1)103-106
詩史序  문196
시아이르 시티 주바이다흐 페랑 치나

Syair Siti Zubaidah Perang China
　　공287 전273
詩 에다 Poetic Edda  공445 공450 문31
시와 진실 Dichtung und Wahrheit
　　소(2)219
시초에서 20세기까지의 비교문학사
　　Histoire des littératures comparées
　　des origines au XXe siècle  세21
　　세108-118 철51 철54 철57
시편  공382 전66
시학 Art poétique  전250
시학 Peri poietikes  카56-64 문195 철113
　　전48 전95
시형의 목록  공448 전109
食粥嘆  하304
申哥傳  동147 문417
神開天闢地  동379
新京地理  하256
신곡 La commedia divina  동461 동464
　　공220 공410-412 공435 공469 공473
　　문455-436 철239-252 철271 소(1)52
　　소(1)251 전124-125 전225 전231-232
신구문학사 Geschichte der alten und
　　neueren Literatur  세62 하71
신국론 De civitate Dei  공378-379
　　문269-270 문332
신국론 La cité de Dieu  공415
神農氏  동275 하116-121
愼獨齋手擇本傳奇集  소(2)179-180
신들의 계보  공335
신들의 에다 -Edda  공445 공446
新羅  하256
신령스러운 말 Tiruvaymoli  문357
신부의 노래  동277-278
神仙  문390-395 전210

神仙傳  문393

신성한 생애 Der Heilige Leben  전200-201

神僧傳  문373 문379

신에게 바치는 노래 Gitanjali  전500

新엘로이즈 Nouvelle Héloïse  철420
    소(3)64-70 소(3)71 소(3)72

신약성서  공312 공320-321 공344 공371
    공373 문266 문329 전73 전75

신의 화살 Arrow of God  소(2)98

신이로운 안마사 The Mystic Masseur
    전446

神創造萬物  동379

신학대전 Summa theologiae  공396
    철229-238

神皇正統記  하168 하182-183 문281 문313

실락원 Paradise Lost  동461 전292

실시라흐 라자-라자 삼바스 Sililah
    Raja-Raja Sambas  문299

심청가  카37 동144 전281

심청전  세390 소(2)120-125 소(2)185
    소(3)93

沈七哥  동245-248 소(1)209

十萬頌 gLwbum  공191 문266-367 전206

12세기부터 16세기말까지의 영국시가 The
    History of English Poetry from the
    twelfth to the Close of the Sixteenth
    Century  세61-62

11-13세기 유라시아 L'Eurasie XIe-XIIe
    siécles  하25-26

17세기 소설가들 Romanciers du XVIIe
    siècle  소(1)89

17세기소설선집 An Anthology of
    Seventeenth-Century Fiction  소(1)87

十玄談  철161

싱할리 왕들의 작은 왕조의 역사

Culavamsa  공211 문247

싱할리 왕들의 큰 왕조의 역사
    Mahavamsa  공211 공215 공495
    문246-247

雙奇夢  하449

雙和歡  하449

氏族部落史  동198 동214-216

## 4아

雅歌  전66

아규 Agyu  동370-371 전128

아네이드 Aeneid  동464 공468

아니루드 Anirudh  동384-385 공223

아다이 Addai  문334-335

아디-그란트 Adi-Granth  철299 철302-306

아라메나 Aramena  소(2)201

아라비안 나이트 Arabian Nights, Alf layla
    wa layla  세370 공243 공244 철422
    소(1)204 소(1)252 소(1)256 전335 전492

아라이라파티 Arayappati  공171 철205-209

아라한 Arhant  문363 전205

阿彎 頌歌  동380 전277

아르메니아의 역사 Patmutiun Hayots
    공349 문308 전178

아르주나위와하 Arjunawiwaha  문296-297

아미르 함자흐 이야기 Dastan-e amir
    Hamzah  전363

娥眉山月歌  하293 전258

아버지 Farden  전410

아버지와 아들 Osty i detti  소(2)249
    소(2)290 소(2)296-301 소(2)312 전421

아버지의 충고 Crap pantam pita  문439
    전223

아베라르와 엘로이즈 Abélard et Heloïse
　공395 소(1)244
아베스타 Avesta　전63
娥幷과 桑洛　동381 전277
아부힌다마타-상가하
　Abhindhammattha-Sangaha　공211
아브히라자 Abhiraja　하103
阿薩拉克齊史　문285
아삼의 노래 Asama-sangita　전502
아쇼카 Ashoka　문124-127 문246 전51
　전188
아스키아 모함메드 Askia Mohammed
　동460 동489 전142
아스타디아이 Astadhyai　공135
아스타사스트라 Asthasastra　문51
아스트레 L'Astrée　소(1)98 소(2)198
阿詩瑪　동198-219 공122 전132 전276
아시아 속의 일본사 アジアのなかの
　日本史 하65
아야트 알-하카이드 Ayat al-haqaid
　공272 전227
아에오이나 가무이 Aeoina kamui
　동155-160
아우구스티누스 Augustinus　문121-122
아우 에다 Younger Edda　공445
아이슬란드 Island　전413
아이슬란드 사람들의 책 Islendingabok
　전125
아이슬란드의 종소리 Islandsklukkan
　전413
아이타레야 우파니샤드 Aitareya
　Upanishad　철88-90
아크바르에 관한 책 Akbar-Namah　문395
아크바르 파테 Akbar Pate　공298
阿Q正傳　소(1)225 전468

아탈라 Attala　소(3)78
아파르 Appar　문356
아포코스 Apokos　공340
아포크라파　공360
아포테오시스 Apotheosis　공375-376
아프가니스탄의 역사 Afghanistan dar
　Masir-e Tarikh　전499
악의 꽃 Les fleurs du mal　카42
악의 상징　카149
樂章歌詞　공115
악한 picaro　소(1)231 전348
안나마르 Annamar　동402-403 동407
안나 카레니나 Anna Karenina　소(2)204
　소(3)57 소(3)84-87
安樂國太子經　동104-105
安民歌　하364
安琢請賦三景走筆書之 蓮池　철337
안토니우스 Anthonius　공328 공344 문333
알라딘과 마술 램프　공244
알렉시스 성인의 생애 La vie de saint
　Alexis　공413
알렉시스 성자전　공427
알렉시우스 Alexius　공331
알루안 송가 Aluan-　동380 전277
알리구이온 Hudhud hi Aliguyon
　동365-366
알리바바와 40인의 도적　공244
알리 베이의 모험 Sergüzest i Ali Bey
　소(1)259-259 전360
알리 오르소비치의 결혼 Ali Ograsovic
　전288-289
闗英　하141-141
알운 마본 Alun Mabon　전404
알코프리바스 Alcofribas　철390
알파미슈 Alphamysh　동316 동459 공268

공470 전138

알프레드 Alfred  전176

알하 Alha 동407  동408

암소 바치기 Godaan 소(1)114 소(1)153-169
　소(1)180 소(1)181 소(1)183 소(1)185
　소(1)186 소(1)230 소(1)272 소(2)88
　전505

암마 Amma  철64 전30

암흑 Tamas  소(3)187-192 소(3)192
　전505-506

앙드로마크 Andromaque  전310

앙코르와트의 건설 Lpoek Ankor Vat
　동389

愛卿傳  소(1)219 전340

애도 Tangi 전437

앵글로색슨 연대기 Anglo-Saxon
　Chronicle  공434 문276 문307 전176

야스트스 Yasthts  전63

야지드 Abu Yazid  문350-351 전203

야키르 야킨 바다르 Yakir Yakin Badar
　공293

藥師佛造像記  문159

梁高僧傳  문368-369 문379 문381 전207

兩斑傳  소(2)66

양산박전  동140

梁山伯과 祝英臺  동41 동198 동219-220
　소(1)209

양이목사본  동93-96

어둠에서 밝음으로 Ot k'my k svetu
　전477

어리석음의 예찬 Encomium moriae 공400
　전246

어머니 Mat  소(3)121 소(3)123 전423

어머니 노릇의 즐거움 The Joys of
　Motherhood  소(3)101-104

어머니의 장례 Adhlacadh Mo Mhathar
　전407

御製詩集  하301-302

諺詞  문417

修紫田舍源氏  소(3)17

嚴處士傳  문394

에다 Edda  동461 공115 공469 공471 전38
　전148 전177

에르난디 Hernandi  전394

에르랑가 Erlanga  문141 전162

에르비글자 사가 Eyrbyggja Saga
　문316-317

에밀 Emile  철420

에빙과 상글루오 Ebing-Sangluo  동381
　전277

에브라힘 베그의 여행 Siyahat-nama-ye
　Ebrahim Beg  전358

에이르비그자 사가 Eyrbyggja Saga  공453

엔메르카르 Enmerkar  동442

엔키두 Enkidu  동444

엘람마 Ellamma  동407

엘리세그 Eliseg  전169

엘리자베트 Elizabeth  공427 문339
　문341-342

여기 Hon  전404

呂洞賓  문392-393 전210

呂洞賓正傳  문392-393

여러 문학의 역사 Histoire des littératures
　세22 세246-267 철42 철55

여러 인종 문학의 진화 L'évolution
　littéraire dans diverses races
　humaines  세21 세83-94 철51

女四書序  소(2)182

여성, 편지, 소설 Women, Letters, and the
　Novel  소(1)93

女秀才移花接木　하444 소(1)222 전344

女秀才傳　하444 소(1)222 전344

女水滸傳　하462

女媧　철66 전30

如意君傳　소(2)138 소(2)139

如意寶樹　문285 문286

여행기 Rihla　전194

女訓　하427

易經　공76 철68-69 철72 철73 철85 소(1)18

歷代篇　문418

역사 Historiai　문211 문212-214 전53

역사 Historia　전57

역사 공부 History Lesson　전435

역사사상의 역사 Histoire de la pensée
　historique　문203

역사서술의 역사 A History of Historical
　Writing　문199

역사소설론 Der historische Roman
　소(1)58 소(3)213-218

역사의 종말 The End of History and the
　Last Man　하37

역사철학 Vorlesungen über die
　Philosophie der Geschichte　세47-56
　공317

역사편람 Majmaut-tavarikh　문305 전185

역사학, 고대, 중세, 그리고 근대
　Histori-ography, Ancient, Medieval,
　and Modern　문200-201

易傳　철69-73

歷朝憲章類誌　하294

力芝와 索布　동198 동219 전276

연대기 Chronographia　공327 전178

연대기 al-Athar al-baqiya　문255-256
　전182

연대기집성 Jamuiut-tavarikh　문304-305

전184

연애론 De l'amour　소(1)138

燃藜室記述　문281

延烏郎과 細烏女　동176 하171

聯珠詩格　하427

延喜式　동266 공115

列仙傳　문390 문393 전210

列女傳　소(2)174

열풍 L'Harmattan　소(1)281-282
　소(3)195-201 전530

영국 Angliae Nottia　소(2)192

영국과 스코틀랜드의 서사민요 English
　and Scottish Popular Ballads　전291

영국교회사 Historia eccesiastica gentis
　anglorum　공382-383 공434 문273
　문274-276 문277 문278 문307 전176

영국사 Historia anglorum　문276-277

영국소설의 기원 1600-1740 The Origins
　of the English Novel 1600-1740
　소(1)90-93

영국 王統史 Historia Regum Britanniae
　전176

嶺南歌　철331

嶺南摭怪　동275 하115-119 하126 문237
　문238 전187

詠史十二首　하291

詠史絶句　하292

詠三嶺險路　공11 전261

영웅들의 에다 - Edda　공445 공446 전38

英祖(월남)　동178-184 하161-162

영혼의 귀환 Awat al-ruh　전492

榮花物語　문280

禮敬諸佛歌　하338-339

예브게니 오네긴 Yevgeny Onegin
　소(1)249-250 전290

예수  전73 전76

예술적이고 도덕적인 마카리에 Die Kunst-
und Tugend-gezierte Macarie 소(2)201

예언자 Nevi'im  전75

예언자 Prophet  전493-494

옛날 옛날에 Yaki bud yaki na-bud
전358-359

오늘날의 백과사전 L'encyclopédie du
présent  세267

오딧세이아 Odysseia  동254 동461 동464
동485 전44 전151

오래 된 연꽃  동379

五倫歌  철333 철342 철344

五倫篇  문418 문419-420

오만과 편견 Pride and Prejudice
소(3)79-81

오메누코 Omenuko  소(1)279 전368

오모로사우시  동179-187 동496 공115
공116 공471

오바바코아크 Obabakoak  전400

吳山書院奉張旅軒  철329-330

오시리스 Osiris  전36

오시안 Ossian  세143 전403

오이디푸스왕 Oidipous tyrannos  카72
카81-163 카230 문213 소(3)174 전48

五部遺教 Bkv-thang-sde-luga  문295

오지디 Ozidi  동460 동489

五虎大將記  하486

玉嬌李  소(3)17

玉蓮夢  소(2)122-125 소(2)146 소(2)151

玉樓夢  하490 소(1)218 소(2)121-125
소(2)146 소(2)151 소(2)158 소(2)248
소(3)14 전339

玉麟夢  소(2)121-125 소(2)146 소(2)151

玉樹記  소(1)219 소(2)146 소(2)151

옥중시  공336

獄中日記  하279-282 공113-114 전259

玉釧緣  소(2)138

올리버 트위스트 Oliver Twist  소(1)248
소(1)249 전382

옴개구리  소(2)242-243 전464

玩月會盟宴  소(2)147 소(2)153 소(2)158
전340

玉翠翹傳  하449 하450

王京作古  하255

왕국 밖 Muluk Bahira  전507-508

王貴與李香香  동229

왕들의 생애  전178

왕들의 영광 Kebra Nagast  공346-347
전179

왕들의 책 Shanama  동324 동461 동463
동495 공255-257 공270 공258 전120
전140-141

往五天竺國傳  전192

왕조연대기 Brah raj  문303 전189

王統記  하105 문295 문296

외국문학 Littératures étrangères  세22
세267-269 철52

外國文學史  세22 세376-398 철53

외국문학사  세22 세428-444 철53

외로운 사람 Man Alone  전437

요로원야화기  소(2)178

聊齋志異  하302 소(2)138 소(2)139

遼版大藏經  하197

요한 Johan  공328

용기로 이긴 우르바시 Vikramurvasiya
카94

龍潭遺辭  문418 전261

용문전  소(2)121-125

慵婦篇  문418

龍飛御天歌   동42 동43 동132 동136-137
   동237 하364 문239 전113 전133
龍城琴者歌   하296-298 하436 전259
우리는 다만 껍질이며 잎사귀니까요 Denn
   wir sind nur die Schale und das Blatt
   전392
우리 동네 아이들 Awalad h'aretna   전332
우리 집에 불났어 My House Is on Fire
   소(2)355-357
우리 학문의 길   세14 동48-49 철476
優婦詞   하299
愚夫歌   소(2)278
愚夫篇   문418 문420-421
雨月物語   하460 소(3)17
우주의 영원론 De aeteritae mundi contra
   murmurantes   철229
우파니샤드 Upanishad   카152-155 공134
   공143 철86-98 철105 철108 철142
   철146 철185 철195-197 철127 철224
   철282 전59-60 전61 전62 전64 전65
   전72 전73 전93
우파니샤드 주해 Upanisadbhasyas   철195
愚荒   하303
郁面   문381-382
운명론자 자크 Jacques le fataliste   철435
울랄림 Ulalim   동368
울라힌간 Ulahingan   동371-377
울지 마라, 아이야 Weep Not, Child
   소(1)115 소(1)170-180 소(1)180
   소(1)181 소(1)183 소(1)185 소(1)186
   소(1)206 소(1)284 소(2)101 소(2)108
   소(3)173-174 전528
웅가리의 위업 Gesta ungarorum   공388
   문273
熊女   동79 동133

源九郎義經   동252
原道救世歌   전260
原詩   한302
원시문화 Primitive Culture   세281
源氏物語   세370 세388 세389 세410
   소(2)173 소(3)28 전11
願往生歌   문381
遠夷樂德歌   하248-249
遠夷慕德歌   하248 하250
遠夷懷德歌   하248
圓照   전209
元朝秘史   문284
원초연대기 Povrst'Vremennykh Let   공24
   공359-360 문308-309 전180 전199-200
元亨釋書   문238 문375-376 문376 문377
   전208
元曉   문382 문383-387 전208
越南亡國史   하60 공113
月印釋譜   하427 하428
月印千江之曲   동132 동136-137 동470
   문239 문329 전113 전133
위대한 러시아의 大公 블라지미르의 전설
   공362
위대한 연대기 Maha ya-zawin-gyi   공218
위대한 왕조의 이야기 Nagarakertagama
   문297 전185
위대한 전설 Periyapuranam   문355-356
   전204
위험한 관계 Les liaisons dangèreuses
   소(1)245-246 소(3)56 소(3)67-70
   소(3)75 소(3)76 전352
위험한 진실과 범죄적 정열,
   1569-1791년간 프랑스소설의 진화
   Dangerous Truth and Criminal
   Passions, the Evolution of the French

Novel, 1569-1791  소(1)96

유럽문학사 Histoire de la littérature européenne  하71-72

유럽 여행일기 Safar nameh-e Naser ed-Din Shah be Farang  전454

瑠璃  동62

儒林外史  소(2)57 소(2)138 소(2)139 소(2)250 소(2)264-274 전341

由遼左  하255

유일한 책 Monobilos  공403

諭邑宰文  철336-337 철342

유충열전  동326 소(1)218 소(2)120-125

유토피아 Utopia  공400 철386-390 철409 철439 전246 전316-318

劉平  전306

柳花  동79 동133

六國史  문280

六美堂記  소(2)146

六如淇園和歌題百絶  하191

肉蒲團  소(2)138 소(2)139

율리시스 Ulysses  소(3)221-222 전387

율법과 은총에 대한 이야기  공360

음무윈도 Mmwindo  동418

應製賦三山  하254

의례집  문83-84

義湘  문382-383 문385-386 전208

醫山問答  철408 철409-415 철426 철439 전329

의원 나리 몸을 가만두지 않고 議員仙子無厭  전472

義俠好逑傳  소(2)180

이고리 여행기 Slovo o polku Igorevo 동461 공362 전146-147

이공본풀이  동101-105 전132 전280

이대봉전  소(2)121-125

이발론 Ibalon  동362-363

二度梅傳  하444 하447

二度梅全傳  하444

이라마바타람 Iramavataram  동392-393

아이슬랜드사람들의 책 Islendingabok 문311

二拍  소(2)138 소(2)139

伊邪那岐와 伊邪那美  동263-265

이사 븐 히샴의 이야기 Hadith Isa bn Hisham  전326

이사원네 맞딸애기  동141-143 동219

離騷  철341

이스마일 아게 쳰지카의 죽음 Smrt Ismail-Age Cengica  전415

이슬란디가복 Islendingabok  문311

이슬람문명  문71-75

이슬람 칼리프制史  문64

二十四史通俗演義  소(2)138 소(2)139

二十五史  동298 동300 동342 소(1)220 전57 전341

李氏異居  하255

이야기집 Patranas  소(1)233

이야기책  공335-336

伊豫國湯岡側碑  동42 문161-162 165 전166

李章武傳  소(1)219

伊祖戰思  동181

彝族古歌  동202-204

李贄  전212

耳支歌  전299

李之涵  문393 문394 전210

이차나바르만 1세 Icanavaman - 문139-140 전161-162

2440년 L'An 2440  전323-324

이탈리아 사람 The Italian  소(2)195

理學沿革史 철459
二行聯句集 Matnawi 공262 문444-445
　　철267-269 전120-121 전225-226
인간과 초인 Man and Superman 전394
인간극 La comédie humaine 소(1)249
인간문제 소(1)206 소(3)158-162 전480
인도에 관한 책 Tahqiq ma li-l-Hind
　　문256-259 전182-183
인도연극 Le théâtre indien 카66
인도의 역사 공242
인도철학 Indian Philosophy 철370
인도의 철학적 전통 The Philosophical
　　Traditions of India 철370-371
인디라 Indira 소(1)269-271 전365
人類館 전462
인류의 대지 Bumi Manusia 전511
인문학문의 사명 하49 철476
人物世藁序 철335
隣婦曲 하304
인생론 Librio de su vida 소(1)233
仁宗(월남) 문164
인종불평등론 Essai sur l'inégalité des
　　races humaines 세279
인형의 집 Et Dukkehjen 전412
일광과 일출 Banaagag at Sikat 소(1)275
　　전515
日東壯遊歌 문418 전217 전260
一樂亭記 소(2)147
일리아스 Ilias 동254 동461 동464
　　동484-485 공335 공468 전44 전58
　　전151 전310
일리아스 寓意 공335
일반문학 핸드북 Handbook of Universal
　　Literature 세21 세235-240 문51
일반세계사 Allgemeine Weltgeshichte

세59
日本紀 하170
日本文藝史 동253
日本書紀 하168 하170 하177-183 하350
　　공17 공471 문230 문280 문281 전186
　　전187
日本水滸傳 하462
日本新樂府 하291
日本樂府 하291 문240 전258
日本女子物語 소(2)174
日本永代藏 소(2)158 소(2)249 소(2)250
　　소(2)257 소(2)259-262 소(2)264
日本詠史百律 하291-292
日本靈異記 문374 문376
日本外史 하291
日本尊武 동252
日本版大藏經 하198
逸士 소(1)217-218
一乘法界圖圓通記 철153-164
一玉 문389 日中飯 하303
一千敎說 Upandesashasri 철132 철133
　　철197-204 철282
잃어버린 시간을 찾아서 À la recherche
　　du temps perdu 소(3)211-213 전387
林慶業傳 소(2)121-125 전339
林政八書 철398
壬辰錄 소(1)219 소(2)120-126 소(2)157
林川別曲 문417
林下遺敎 하105
立嚴 철333
立嚴別曲 철331
잉바 Yinba 동379
잊혀진 언덕 La Colline oubliée 전487-488

## 4자

自警別曲  문416 문424 전216
자디그 Zadig  철421-429 전322-323 전329
자바의 역사 Badad Tanah Javi  문297
자본론 Das Kapital  세314
子孫萬代歌  하369-371
자야바르만 1세 Jayavarman  공147 문139
자야바르만 5세 Jayavarman  문139
자야바르만 7세 Jayavarman  공148
　　공140-141
자야바야  공183-184
自然眞營道  철404
자오슈툰 Zhaoshutun  동380-381
自由結婚  전330
자유를 위한 전쟁 Vita Vya Uhruru  동462
　　동496
자유의 찬가  공341 전418
자이나브 Zaynab  소(1)255-256 전356
　　전492
자취 Timitar  전487
資治通鑑  하154 하169 문229 문230 전185
자타카 Jataka  공209-210 공215 공217
　　공218 공221 전74
작가를 찾는 여섯 등장인물 Sei
　　personaggi in ceca d'autore  전394
作齋經  공122
作帝建  하91 하144-147
殘唐五代演義  하484 하487-410
잔인한 도시 Ville cruelle  소(3)162-168
　　전529-530
잔치  철111
잘룬 Ben Jallun  전489
잘 한 말 Sughasitaya  전221
蠶  하358

장가르 Djangar, Jangar  동43 동289
　　동291-302 동466 하109-110 문289
　　전134-135
장끼전  소(2)121-125
장미의 낙원 Gulistan  공195 공263-264
　　문352-353 문446 철422 전226-227
장미 이야기 Roman de la rose  공339
　　공473 문451-454 문455 전230 전314
張山人傳  문394
蔣生傳  문394  소(1)216 소(1)217-218
　　전338
長安古意  하352-353
長幼篇  문418
莊子  공76 철73 철81-84 철85 철107 철110
　　전70 전71 전72 전314
장-크리스토프 Jean-Christophe
　　소(3)125-129 전385-386
장풍운전  소(2)121-125
長恨歌  하355
漳河水  동229
장화홍련전  소(2)121-125
齋居感興  철325
再生緣  소(2)138
재정복 A reconquista  전526
저술 Ketuvim  전75
적과 흑 Le rouge et le noir  철435 소(1)114
　　소(1)136-153 소(1)180 소(1)181
　　소(1)183 소(1)184 소(1)185 소(1)186
　　소(1)247-248 소(2)221 소(2)302 소(3)56
　　소(3)75 전382
赤壁歌  하485 하486
荻生徂徠  전212
赤城碑  문148-149 문151 문152 문154
적성의전  카37 소(2)121-125
田家苦(捕松齡)  하303

田家自述 하298

傳奇漫錄 하439-440 하444 하480

전능하신 하느님 Mahnutny Bozha 전427

全唐文 하375 문164

全唐詩 하271-272 하375

剪燈新話 하439-440 소(2)179

前兵兒謠 하292

田禹治 문393 문394 전210

전우치전 문394 소(1)218 전338

전원교향곡 La symphonie pastorale
　　공405

전쟁과 평화 Voyna i mir 전422

전쟁에 관해서 De Bellis 전178

전진기지 Placowka 전419

젊은 베르터의 고뇌 Die Leiden des
　　jungen Werthers 소(1)230 소(1)246
　　소(2)202 소(2)216-218 소(2)216-218
　　소(2)291 소(3)56 소(3)71-75 소(3)92
　　전352

점쟁이 The Diviners 전434

정감이 꽃피는 계절 Das Blüthenalter der
　　Empfindung 소(2)201

正見神母 동133

정글 북 Jungle Book 소(3)140-141

정수정전 소(2)122-125 소(3)14

정신적인 二聯句 Matnawi-i ma'nawi
　　공262 문444-445 철267-269 전225-226

精物樂府 하292 전258

征婦吟 하294-295 문425 전262

征婦吟演歌 문425 전262

정을선전 소(2)121-125

정착자들의 책 Landamabok 문311

정통신앙의 재현과 이단의 척결 공293

題九雲夢後 소(2)180

제국격언 Reichsspruch 전231

제국의 개념 Le Concept d'empire 하75

제르미날 Germinal 전384

제멋대로인 절대 Tovarna na absolutno
　　전415

題鴨綠江 하256

諸艶大鑑 소(2)258

帝王韻紀 하152-154 문239 문279

제우스 Zeus 전36

齊魏演義 하484

第一奇諺序 하777-479 소(2)147-148

祭天歌 동198 동199 공120

第八才子花箋記 하444

第八才子花箋演音 하444

題黃鶴樓 하259

祖公之歌 동39 동198 동210-211 공122
　　전130

趙光祖 문397 전211

조국에 바치는 찬가 Trobes a la patria
　　전400

조국의 아들 공250

조국을 그리워하며 Patriaed desiderium
　　공401

조나의 맹세 Serment de Jonas 공413

弔羅城歌者 하296 전259

釣龍臺懷古 하275-276

早發白帝城 전100 전115

朝奉大夫文華閣侍制贈寶謨閣直學士通議
　　大夫謚文朱先生行狀 문395-397

조생원전 소(2)122-125

조선문학통사 세408

조선신문학사조사 세414

朝鮮王朝實錄 문235-236

趙承相七子記 소(2)180

조웅전 동326 소(1)218 소(2)120-125
　　소(2)248 소(2)251 소(3)13 전339

措陰堂主人  하444

趙子龍傳  하485

趙佗  하127-128 하150

존재와 본질론 De ente et essentia  철229

종교학문의 부활 Ihya ulum ad-din  공241
　　철252 철263-266

鍾九鬧槽  동243

종매 벳트 La cousine Bette  소(2)249
　　소(2)290 소(2)296 소(2)302-312
　　소(3)56 전383

종의 기원 Origines of Species  세279

죄와 벌 Prestupleniye i nakazaniye
　　소(3)117-121 전421

죄의 근원 Hamartigenia  전102-103

朱蒙  동43 동62 동122 동126 동133 동134
　　하106 하150 전38

朱文公文集  철312

주빅의 사람들 Juvikfolke  전412

周易  공76 철68-69 철72 철73 철85 소(1)18

周易集註  철69-73

周易國音歌訣  하425

朱子大全  철325

朱子語類  철312

朱子全書  철312

朱子行狀  문395-397 전211

주체성의 출현, 중세의 덴마크와 유럽 The
　　Birth of Identities, Denmark and Europe
　　in the Middle Ages  하78-79

주홍 글씨 The Scarlet Letter  소(3)56
　　소(3)75-78 전430

朱熹  문395-397 문399 전211

죽은 혼 Mertvyye Dushi  소(1)251
　　소(2)204 전290

죽음에 관한 시 Vers de la mort  문450

竹枝詞(彭勇行)  하305

준갑파 Jungappa  동407

줄루의 지평선 Amal'ezulu  전523

中國文學發達史  동229

中國文學史  동229

中國民間文學  동230

中國民間文學  동231

中國民間文學槪要  동230

中國少數民族文學史  동230

중국의 세계질서, 중국의 전통적인 외교관
　　계 The Chinese World Order, Traditional
　　China's Foreign Relations  하62

중국화된 새로운 세계 Le nouveau monde
　　sinisé  하64

中道에 관한 근본적인 시
　　Mulamadhyamakakarika  철142

中道에 관한 시 Madhyamakakarika  철142
　　전93-94

中論 Madyamakakarika  공144 철132
　　철133 철141-160 전93 전97

中山世鑑  동178 하164-165 문237

中山世譜  동178 하157-160 하165 문237
　　전186

中庸序  소(1)117

中庸誠圖  철329

中原碑  문148 문151 문152 문155

쥘리 또는 새로운 엘로이즈 Juli ou
　　Nouvelle Héloïse  철420 소(3)64-70
　　소(3)71 소(3)72 소(1)245 소(3)56
　　소(3)63-67 소(3)68 소(3)69 (3)70
　　소(3)71 소(3)72 전352-253

贈崔立之序  철335

지그프리트 Sigfried  동483

知己篇  문418

지나칼라말리 Jinakalamal  문248

지야나모이  동182

지옥의 꿈 Songe d'enfer 문451

지타고빈다 Gitagovinda 공152

지혜의 숲 Ghabat al-haqq 전326

지혜의 열쇠 문435 전220

眞覺國師語錄 문388-389

秦刻石 전52 전163

진나차리타 Jinacarita 공211-212

진대방전 소(2)121-125

진리의 정원 Hadiqatul Hadiqa 공262 철270

震默禪師遺蹟攷 문389

進三國史記表 문232

晋書 하97 하169

秦始皇 문127-130 전48 전163

진실된 인간 Luk Phuchai 소(1)273 전463

眞情上太尉詩 공86

辰韓 하256

진희곡 문417

질 블라스 Gil Blas de Santillane 소(1)242
전351

징기스칸 하108 문284 문290-291

징기스칸 두 필 준마 동299

징기스칸의 격언집 문435-436 전220

徵側과 徵貳 하129

## 4차

차사본풀이 동97-100 동190-191 동490
전132 전280

察度 동178-179 동182 하161

贊普世界 하104

착각에서의 구제 Munqidh min al-dalal
공240-241 문348 철255-263

착한 병사 슈베이크의 모험 Osudy
dobreho vojaka Svejka za svetove

valky 전415

찬드라칸타 Chandrakanta 전364

참다데비밤사 Camdadevivamsa 공211
문248

참다데비의 역사 Camdadevivamsa 공211
문248

참을 수 없는 존재의 가벼움 Nesnesitelna
lehkost byti 전415

昌寧碑 문149

彰善感義錄 소(2)120-125 소(2)146
소(2)151 소(2)183 소(3)17

창세가 동57 동114-125

創世歌 동198 동201

창조의 노래 Kumulipo 동422-431 동454
동480 동481-482 전31 전34

채털레이부인의 연인 Lady Chatterley's
Lover 소(3)57 소(3)87-90

책들의 역사 Gandhavamsa 공212 공218
문248

策問 철335-336

천국 길 Voie de paradis 문451

天君演義 전315 전316 전324 전327

天君傳 전314

天南語錄 문282 문425 전262

天女之惠 동291

천년의 집 Millenium Hall 전320

天路歷程 The Pilgrim's Progress
전315-316 전325

천상의 꽃 Parijataharanachampu 전324

天孫氏 동178 하160-161 공115

泉水石 하486-497 소(2)152 소(2)248
소(2)252 소(2)253-256 소(2)262
소(2)296

천일야화 Alf layla wa layla 세370 공243
공244 철422 소(1)204 소(1)252

소(1)256 전335 전492

天日槍  하171-181

千字文  소(2)166

天帝子  동178 하160

天照大神  동259

泉州諭文  철336

천지왕본풀이  동57-63 동65-55 동158

天之日矛  하171-181

千行集  공336

철학간사 A Short History of Philosophy
　철26 철41-43 철54

철학과 비철학 Philosophie et non-philo-
　sophie  철464 철466 철469-472

철학의 부조리 Tahafut al-falasifa  공241
　철252 철455-456

철학의 세계 L'univers philosophique  철26
　철32-34 철54

철학의 위기The Crisis of Philosophy
　철464 철466-469

철학의 위안 De consolatione philoso-
　phiae  공381 공434 철132 철133-141
　전103

철학자들의 부조리 Tahafut al-falasifa
　철252-255

첫째 비가 Élégie première  전391

靑姑娘  동198 동219 전132 전276

靑史 Köke sudur  동299 전345 문290
　전345 전345

淸史  전57

靑史演義 Köke sudur  동299 전345 문290
　전345

靑石關  하303

淸詩滙  하260-264

淸實錄  문235

淸軒詩集  하296

체험의 노래 Songs of Experience
　전250-251

草堂問答歌  문418 전217

초록 옷의 하인리히 Der grüner Heinlich
　소(3)113-116

楚辭  공76 철132

初雕大藏經  하197

招魂  하278

招魂詞  문417

摠論篇  문418

최고의 비방으로 가정 다스리기 A Godly
　Form of Household Government
　소(3)49

崔濟愚  전212

축복받은 마가레트 성자전  공427

春  소(2)322

春色梅兒譽美  소(3)17 전342

春秋  철415 전54

春秋列國志傳  소(2)138

춘향  동107 동145-146

춘향가  동144 하289 전256 전281

춘향전  세224소 세226-227 세365 세388
　세389 세390 세410 소(1)209 소(1)210
　소(2)120-125 소(2)157 소(3)14 소(3)17

秋  소(2)322

출라마니 Culamani  동401-402

出使  하255

충고에 관한 성찰 Risalat an-Nushiyya
　전227-228

忠臣藏  전307

忠義水滸傳  하461

忠義水滸傳解  하461

醉故傳  하462

翠翹傳詳註  하453-355 소(1)192

醉虎傳  하462

治産篇　문418 문420

치원대와 양산복　동140-141

치바카친탐니 Civakacintamni　동399-401
　동405

親鸞　문378

親鸞聖人御因緣秘傳集　문378

親鸞聖人正明傳　문378

칠라파티카람 Cilappatikaram　동394-398
　동470 동489 동490 공172 전46
　전154-155 전156

七支刀銘　문158

枕草子　소(2)173

## 4카

카니아카 Kanyaka　동490

카담바리 Kadambari　소(1)200 소(1)268
　전362 전363

카디룸 이야기 Hikayat Kadirum　소(1)261
　전510

카라마조프 형제들 Brat'ya Karamazovy
　소(1)205 소(3)175

카르야지티 Caryagiti　공152

카를루스대왕의 생애 Vita Karoli Magni
　공385

카밀라 Camilla　소(2)195 소(2)198

카비르 Kabir　문358-360 전204-205

카비르 그란타발리 Kabir Granthavali
　철299 철306-307

카비르 시 백 편 A Hundred Poems of
　Kabir　철299-300 철307-311

카비르 파라차이 Kabir Parachai
　문358-360 전204-205

카비야 교본 Kavyadarsa　전96

카운디니아 Kaundinya　하97-100 공148

카타르시스 라사 신명풀이　동58-59 철476
　철488 소(1)203

카타 우파니샤드 Katha Upanishad
　철90-92 문104 전59-60

카탐바리 Katambari　공140

카테메리온 Cathemerion　공375

카피트 Ibn Khafit　문351-352

칸야카 Kanyaka　동407

칼레바라 Kalevara　세143 동461 전413

칼레브의 노래 Kalevipoeg　전420

캄파라마야남 Kamparamayanam
　동392-393

캉디드 Candide　철429-433 소(1)242 전323
　전329

캔터베리이야기 The Canterbery Tales
　동462 동491 공474 전151

케나 우파니샤드 Kena Upanishad
　카153-155 철92-98

케드몬의 찬미가 Caedmons Hymn　공432
　공472

케짤코아틀 Quetzalcoatl　동460 동481-482
　전33-34 전41

켄야타 Jomo Kenyatta　소(2)105

켈트의 황혼 The Celtic Twilight　전405

코네티커트에 가을이 오다 Musim Gugar
　Kembali di Conneticut　소(2)352-355

코르구트 Quorgut, Korgut　동314 동459
　공268-270 공303 공470 전139-140

코르답부 Kordabbu　동407

코브자르 Kobzar　전426

코요테의 여행　동473 전26

콘스탄틴의 생애　문268-269

콘쿠리벨리르 Konkuvelir　동399

쾨로글루 Köroglu　동314 동454 공268

공470 전282-283

쿠란 Quran  공44 공50 공231 공234 공272
　　문251-253 문329 철254 전77-78 전180

쿠루파람파라츠람 Kuruparamparacram
　　문432

쿠무리포 Kumulipo  동422-431 동454
　　동480 동481-482 전31 전34 전40 전41

쿠스류 우-시린 Khusru u-Shrin  공272

쿠쉬할 칸 카타크 Khushhal Khan Khattak
　　전270

쿠아아우하우 Ku'auhau  동423

쿨라밤사 Culavamsa  공211 문247

쿨리 Coolie  소(1)269 전503

쿨리의 가축 약탈 Tain Bo Cuailnge  전45
　　전148

퀼 터긴 Kül tigin 闕特勒 동314 문174-183

크리스틴 라브란스다테르
　　Kristin Lavransdattar  전412-413

큰 시장 Burra Bazaar  전325

클라리사 Clarissa  소(2)215

클레브공작부인 La Princesse de Clèves
　　소(1)98-99 소(1)102-103 소(1)245
　　소(3)56 소(3)58-63 소(3)67 소(3)68
　　전352

키미야 이 사이다트 Kimiya-yi Saadat
　　공259

키 아젱 펜징 Ki Ageng Pennging
　　문298-298

키에프 동굴 수도원의 기원과 설립자 聖
　　안토니  문344 전199-200

키치 Kici  동411

키타브 알-물루크-와르-루술 Kitab
　　al-Muluk-war-Rusul  문254 전181

키타브 아크바르-우즈-자만 Kitab
　　Akkbar-uz-Zaman  문255 전181

키타브 알-이바르 Kitab al-Ibar  문261

## 4타

타노스 블레카스 Thanos Vlekas  공341
　　전418

타르긴 Targhyn  전282

타밀 비투투푸 Tamil Vitutufu  공173

타밀은 나의 신 Tamil En Teyvam  전502

타우게니히츠의 일생 Aus dem Leben
　　eines Taugenichts  소(3)112-13

타일로크 위니트차이 Tailok Winitchai
　　공220 공224

타타르인, 리투아니아인, 모스크바인의
　　관습에 관하여 De moribus tatarotum,
　　lituvanorum et moschorum  전253

타타르인의 헝가리 파괴를 탄식하노라
　　Planctus destructionis regni hungariae
　　per tartaros  공388

타히르와 쥐흐레 Tahir-Zühre  전283

濁流  소(1)226 소(1)260 소(3)93-94 전480

탄원  전451

탈무드 Talmud  세410 동434 문208 전33
　　전76

脫解  동64 동69 동126 동134 하106 하141

耽羅  하256

탐피마르 Tampimar  동404 동407

太古和尙語錄  문388 문389-390

太佰  하170

太史公自序  문214 문263 전54

태양의 도시 Civitas Solis  전318

태초의 무당할머니  전29

太平歌  문417

太平廣記  소(1)204 전335

太平賣歌者 하296 전259
太平頌 하250
太平樂府 하292 하293 전258
터키에 반대하는 기도 전254
테라가타 Theragatha 문363
테리가타 Therigatha 문363
테바람 Tevaram 문356 전204
테웅쿠 디 메운케 Teungku di Meunke
　동491
텔레마크 Télémaque 철418 전321-322
텡고 Tengo 전444
토끼전 소(2)120-125 소(2)157
토니오 크뢰거 Tonio Kröger 카42
　소(3)208 소(3)237-238
토르메즈의 라자로의 생애, 그리고 그
　행운과 모험 La vida de Lazaeillo de
　Tormes y sus fortunas y adversidades
　소(1)237-238 소(1)243 소(3)112 전349
토지(박경리) 전481
토지 Zemja 전418
토 탐 To Tam 소(1)229 소(3)91-92 전482
툴루봄말라타 Tolubommalata 동408
톰 소여의 모험 The Adventure of Tom
　Sawyer 전429
톰 존스 Tom Johns, 1749 소(1)247 전354
通鑑 문230 문231
通鑑綱目 문230 전185-186
通俗忠義水滸傳 하461
통치법규 문65
투바 포위 Rangsang Tuban 소(1)263
　전361
투트모스 3세 Thutmos 문114-117
　전50-51
툴시다스 Tulsidas 전204
트리스탄 Tristan 공422

트리아돈 Triadon 공346
트리트레트스 Tritrests 하103
티보가의 사람들 Les Thibaults 소(2)249
　소(2)290 소(2)312-315 소(2)316
티루바이몰리 Tiruvaymoli 공171
　철204-213
티루푸칼 Tiruppukal 문433
팅키에서 온 젊은이의 내력 Badad Jaka
　Tingkir 문297

## 4ㅍ

破戒 소(1)227 소(2)70 전460
파댕 낭아이 Phadeng Nang Ai 동358
　동381-383 동390 전277-278
파드마삼바바 Padmasambhava 동308
　공191 문365-366 전206
파리다 하놈 이야기 Hikayat Faridah
　Hanom 전512
파르찌팔 Parzival 공422-423
파리다 하논 이야기 Hikayat Faridah
　Hanon 소(1)262
파부지 Pabuji 동407-413 동470 동497
　소(1)209 전286-287
파사이王들 이야기 Hikayat Raja-Raja
　Pasai 공288
罷睡 하343
파우스트 Faust 세142 전293 전313
파인 섬 The Isle of Pines 전319
巴搭麻嘎捧尙羅 동379
파티니 Patini 동396
파티마 Fatima 공299 전284
巴協 Sha-bzhed 문295
판차탄트라 Pancatantra 공142 공210

전324

판 타데우즈 Pan Tadeusz   전419

팔나두 Palnadu   동407

팔레스타인 성자들의 생애   문334

팡타그뤼엘 제2서 Pantagruel deuxième livre   철390

패밀라 Pamela   소(1)247 소(2)193 소(2)197 소(2)214 전354

페르 귄트 Peer Gynt   전412

페르시아인의 편지 Lettres persanes   철420 전322

페름 주교 聖 스테판의 생애 – Perm – Stephan –   문344-345

펠라기아 Pelagia   문336-337 전199

編年綱目   하147

平家物語   동254 동260 동269 문281

平吳大誥   하133-134 공17 문183

平妖傳   소(1)219 소(2)262 전340

平淮西碑   문142-144 전163

포르투갈 사람들 Os Lusíadas   전290

포르투갈의 편지 Lettres portugaises   소(1)244

포이아운페 Poiyaunpe   동161

포폴 부 Popol Vuh   동431-441 동449 동454 동455 동457 동480 동489 전31 문207-209 전31 전32-33 전41 전42

폴란드 찬가 Psalmodia polska   전289

푸르나스 Prunas   공141 전324

풀잎 Leaves of Grass   전428-429

豊見親   동175-177

風俗金魚傳   하451

風姿花傳   카196 카198

프란시스 성자전   공427

프란치스코 Francisco   문339 문340-341 철240-244 전200

프랑스 군인들에게 Ad miltes gallos   전248

프랑스어의 옹호와 선양 Défence et illustration de la langue française   공401

프랑스와 성인의 생애 La vie de saint François   공414

프랑스왕국의 역사 Historia Regum Francirum usque ad annum   문306

프랑스왕들의 연대기 Chronique des rois de France   문306

프랑스의 대연대기 Grandes chroniques de France   문306

프리트비라즈 라소 Prithviraj Raso   문293

프토코프로드로미카 Ptochoprodromika   공33-334 공336

피곤한 블루스 The Weary Blues   전432

피라타 무타리야르의 생애 Piratapa Mutaliyar carilliram   전365

避暑山莊百韻詩   하372 공117

피의 골짜기 Wadi al-dima   전489

피카로 picaro   소(1)56 소(1)88 소(1)90 소(1)205 소(1)216 소(1)217 소(1)231-241 전348

피크리의 마카마   전326

피의 꽃잎 Petals of Blood   소(1)171 소(2)108

**4하**

하나님의 도시 De civitate Dei   공378-379 문269-270

하나이면서 여럿인 동아시아문학   공68

하늘나라 처녀   동369-370

하디카 Hadiqa  공262

하르사차리타 Harsacarita  공140

하이파에 돌아와서 A'id ila Hayfa
　소(3)192-195 전494-495

학생 히드조 Student Hidjo  소(1)260
　소(2)230 전509-510

한국고전소설을 위한 남녀의 협동과 경쟁
　Male-Female Partnership and
　Competition for the Classical Novel
　소(1)40

한국문학통사  세219 공68

한국설화 Korean Tales  세129

한국소설의 이론  소(1)39 소(1)202
　소(1)203

한국·중국·일본 소설의 개념  소(1)40

학문론 Katab al-Ilm  철263-264

邯鄲才人嫁爲厮養卒婦  동241

翰林別曲  문414 전216

漢書  동297 문221 문227 전57 전185

旱魃  하303

韓氏三代錄  소(2)180

漢陽歌  문281 문418 전217

漢陽歌(五百年歌)  문281

漢陽五百年歌  문281 문418

漢譯金雲翹南音詩集  하294

瀚海  하302

할망본풀이  동63-65 동100-101

咸州碑  문152-155

合江亭歌  문417

航萊州海  하255

恒河之流  문285

海東高僧傳  문238 문375 문379-380 전207

海東樂府  하290 문240 전256 전280

海東異蹟  문390 전210

海東諸國記  하167-168 하214 하226-227

하234

解慕漱  동62

해방된 예루살렘 Gerualemme liberte
　전292

해변의 묘지 Le cimetière marin  전392

海幸彦과 山幸彦  동264-265

햄리트 Hamlet  카230 전311-312

행복을 주는 지식 Kutagdu bilig  공272

鄕約  하427

許生傳  철430 소(2)66 소(2)341

許黃玉  하140

憲法什七條  공16

獻藥供牲經  공122

헝가리의 위업 Gesta hungarorum
　공388-399 문273

헤라클리오스 서사시 Utendi wa Heraklios
　동462 동467 동470 공299 공300-303
　전143-144 전284

헤이께 모노가타리 平家物語  동260

헤임스크링글라 Heimskringla  공453-454
　문313-315 전177

赫居世  동133 하141-142

玄空經  소(2)138 소(2)139

玄氏兩雄雙麟記  소(2)121-125 소(2)152

賢者喜宴 Mkas-pavi-dgav-ston  하106
　문296

俠客傳  하460

협잡꾼 trickster  동428

형님 에다 Elder Edda  공445

型世言  하448 하450 하451

好逑傳  하460

胡商遇盜  동327-329 동334

好色五人女  소(2)258

好色二代男  소(3)30

好色一代男  소(1)221 소(2)158 소(2)249

소(2)250 소(2)256-259 소(2)262
소(2)263 소(2)293 소(3)17 소(3)18
소(3)19 소(3)21 소(3)22 소(3)28-35
소(3)36 소(3)37 소(3)42 소(3)44
소(3)47 소(3)110
好色一代女  소(2)258
虎叱  하481 철408 철415-418 철423
    전329-330
胡摠制巧用華棣卿 王翠翠死報徐明山
    하448-449 하450
魂  전332
混漬  하97-100
홀란드 Holland  전407
홀란드 나라 De Hollandsche Natie  전407
洪吉童傳  하484 하485 하489 소(1)216
    소(1)217-218 소(2)121-125 소(2)146
    소(2)179 전339
홍길동전연구  세226
紅樓夢  세370 공99 소(1)220 소(2)138
    소(2)158 소(2)173 소(2)262 소(2)263
    소(2)264 소(3)17 소(3)27-28 전342
洪範  철69
紅寶石  동380
紅史 Deb ther dmar po  전189
홍수 De inundatione  공402 전252
花馬竹枝詞  하304-305
花潭集  문398
花門錄  소(3)15
華山仙界錄  하486 하487
華嚴經  철162
華嚴一乘法界圖  철132 철133 철161-194
    전97
華嚴一乘法界圖註  철173-194
華嚴祖師繪傳  문384
華容道  하485 소(2)120-125

花簒記  하447
和漢朗詠集  하354
桓雄  동79
활 노래  동404
황금본 성자전 Legenda aurea  공427
    문273 문337-342 문369 철242
    전200-201
黃金數珠  문289
黃金史  문285 문286
黃金史綱  문285
皇黎一統志  하294
黃夫人傳  하485 하486
黃史  문285
黃山谷詩集  하428
황색 피부 백색 피부 Phiu Luang Phiu
    Khao  소(1)273-274 전463
黃氏女와 金剛經  동198 동220 전276
황제들의 역사  공326
黃鳥歌  세224
黃草嶺碑  문152-155 전164
黃太守呼韻  철330-331
孝經  철344
後漢書  동195-196 동268 하248-249 하374
    공121 전57
訓民歌  철341-345
훌륭한 친구 Kawan Benar  소(1)262
    전512
홀쭉이 메메드 Ince Memed  소(3)143-146
凶年  하298
黑白之戰  동38 동198 동208 공120-121
흑인의 음악 Musique nègre  전446
흥부  동146
흥부가  카38 전281
흥부전  세390 소(2)121-125 소(2)278
    소(3)93

흰 고래 Moby Dick  전429
흰색 쑥독새 Thaw nok kaba phwak
　전279
히카야트 란토 Hikayat Ranto  문301
히카야트 말렘 다강 Hikayat Malem
　Dagang  문301-302
히카야트 말림 데와 Hikayat Malim Dewa
　공189
히카야트 메롱 마하왕사 Hikayat Merong
　Mahawamgsa  문300
히카야트 앙군 치크 퉁갈 Hikayat Anggun
　Cik Tunggal  공189
히카야트 우푸 다엥 메남분 Hikayat Upu
　Daeng Menambun  공299
히카야트 테웅쿠 디 메우케 Hikayat

Teungku Di Meuke  문301
히카야트 파타니 Hikayat Patani  문300
히카야트 포주트 무하마트 Hikayat Pojut
　Muhamat  문301-302
히카야트 프랑 곰페우니 Hikayat Prang
　Gompeuni  문301
히파티우스 Hypatius  공328 문335 전199
히페리온의 운명 노래 Hyperions
　Schiksalslied  전390
히페스티온 Hyphestion  문336
힐데브란트 노래 Hildebrandslied  공421
　전45 전148
힐라리 Hilali  동461 동463 동467 동488
　동497 전141 전284

# 부록

## - 각권 차례 -

# ■ 세계문학사의 허실 ■

지식산업사, 1996

머리말 / 3

1. 서장 / 9
    1.1. 이 책을 왜 써야 하는가 / 9
    1.2. 세계지리 · 세계사 · 세계문학사의 비교 검토 / 14
    1.3. 세계문학사의 목록과 검토 방식 / 20
    1.4. 유럽문명권중심주의의 극복을 위한 새로운 시도 / 30

2. 제1세계 세계문학사 기본형 / 45
    2.1. 이론적 근거 / 45
    2.2. 19세기말의 작업 / 61
    2.3. 20세기 1945년 이전의 작업 / 108
    2.4. 20세기 1945년 이후의 작업 / 178

3. 제1세계 세계문학사 변이형 / 231
    3.1. 개별문학사로의 해체 양상 / 231
    3.2. 진화론과 관련된 작업 / 278
    3.3. 주제별 서술의 방식 / 304

4. 제2세계 세계문학사 / 311
    4.1. 이론적 근거 / 311
    4.2. 실제 작업 / 324

5. 동아시아의 참여 / 357
    5.1. 일본의 작업 / 357
    5.2. 중국의 작업 / 374
    5.3. 남북한의 작업 / 411

6. 제3세계 세계문학사 서술의 새로운 과제 / 445

# ■ 카타르시스 · 라사 · 신명풀이 ■

지식산업사, 1997

0. 머리말 / 5

1. 서두의 논의 / 14
    1.1. 왜 이런 일을 하는가 / 14
    1.2. 탈춤을 다시 찾기까지 / 18
    1.3. 〈서편제〉에 끼어든 남의 장단 / 29

2. 논의의 시각, 자료, 문제 / 48
    2.1. 무엇을 어떻게 다룰 것인가 / 48
    2.2. '카타르시스' · '라사' · '신명풀이' 이해의 자료 / 56
    2.3. '카타르시스'와 '라사'의 논쟁에서 재확인되는 문제 / 64

3. '카타르시스' · '라사' · '신명풀이'의 비교 검토 / 80
    3.1. 작품전개 비교 / 80
    3.2. 언어사용 비교 / 115
    3.3. 관중의 구실 비교 / 128
    3.4. 세계관의 지향 비교 / 149

4. 세계연극사를 향한 논의 확대 / 166
    4.1. 세계연극사 이해의 새로운방안 / 166
    4.2. '카타르시스연극'과 '라사연극'의 세계사 / 176
    4.3. '신명풀이연극'의 세계사 / 199

5. 영화에서 제기되는 과제 / 222
    5.1. 영화전쟁의 시대 상황 / 222
    5.2. 한국영화가 나아갈 길 / 246

6. 마무리 / 262

부록 : 발탈 조사보고서 / 270

# ■ 동아시아 구비서사시의 양상과 변천 ■

문학과지성사, 1997

시작하는 말 / 5

취급지역 분포 개념도 / 20

서장 : 동아시아 구비서사시 연구의 의의 / 21
    1. 머리말 / 21
    2. 세계문학 구성의 단위에 관한 새로운 이해 / 25
    3. 동아시아 구비서사시의 가치 / 33
    4. 마무리 / 44

제1장 제주도 / 48
    1. 머리말 / 48
    2. 신앙서사시 / 52
    3. 창세서사시 / 57
    4. 여성영웅서사시 / 63
    5. 남성영웅서사시 / 67
    6. 신앙비판서사시 / 97
    7. 성자서사시 / 100
    8. 생활서사시 / 101
    9. 마무리 / 110

제2장 한국 / 111
    1. 머리말 / 111
    2. 신앙서사시 / 112
    3. 창세서사시 / 114
    4. 여성영웅서사시 / 125
    5. 남성영웅서사시 / 134

4. 키르기스 / 313

5. 유목민족의 불교미술과 서사시 / 327

6. 마무리 / 341

제6장 필리핀·타이·타밀·라자스탄 / 344

1. 머리말 / 344

2. 서사시의 흥풍에 관한 이론 중간 점검 / 345

3. 논의의 자료와 방향 / 349

4. 필리핀 / 360

5. 타이 / 379

6. 타밀 / 391

7. 라자스탄 / 407

8. 마무리 / 414

제7장 니양가·하와이·끼체·바빌로니아 / 417

1. 머리말 / 417

2. 니양가 / 418

3. 하와이 / 422

4. 끼체 / 431

5. 바빌로니아 / 441

6. 논의의 일반화 / 448

7. 마무리 / 456

제8장 세계 전체 / 458

1. 자료의 확대 / 458

2. 세계서사시의 분포 / 462

3. 세계서사시의 변천 / 471

4. 서사시와 그 주변의 문학 갈래 / 493

마치는 말 / 499

# ■ 하나이면서 여럿인 동아시아문학 ■

지식산업사, 1999

머리말 / 3

연구방향 전환을 위한 구상 / 13
　　다시 출발하는 각오 / 13
　　세계인식 전환의 과제 / 24
　　동아시아학문의 전통 계승 / 47
　　동아시아문명론의 반성과 전망 / 59
　　중세문명의 구조에 관한 논란 / 71
　　하나이면서 여럿의 기본논리 / 85

시조도래건국신화의 중세 인식 / 91
　　건국신화의 변모 / 91
　　다른 문명권의 사례 / 94
　　월남 / 115
　　한국 / 140
　　유구 / 157
　　일본 / 166
　　중세화에 대한 중세인의 견해 / 185

대장경 주고 받기 / 193
　　연구의 의의 / 193
　　대장경의 내력 / 195
　　일본과의 관계 / 204
　　유구와의 관계 / 213
　　다른 나라와의 관계 / 218

중세의 본질에 관한 논의 확대 / 225
근대 이후의 변화 / 238

한시가 같고 다른 양상 / 243
한시의 다면적 성격 / 243
동아시아는 하나라고 하는 한시 / 248
시대에 따라서 달라진 한시 / 270
민족에 따라서 달라진 한시 / 282
문학사 전개의 추이 / 307

민족어시의 대응 방식 / 311
율격연구의 새로운 과제 / 311
한시의 율격 / 315
한국의 향가와 시조 / 329
일본의 和歌 / 345
만주민족의 滿文詩 / 368
南詔의 白文詩 / 374
월남의 國音詩 / 381
비교검토 / 389

번역으로 맺어진 관계 / 399
번역학의 동향 / 399
동아시아의 번역 연구 / 403
한문 읽기를 통한 첫 단계 번역 / 409
번역문을 옮겨 적은 둘째 단계 번역 / 420
자유로운 개작을 수반한 셋째 단계의 번역 / 437
중국소설과 월남소설 / 443
중국소설과 일본소설 / 458
중국소설과 한국소설 / 476
논의의 확대 가능성 / 497

# ■ 공동문어문학과 민족어문학 ■

지식산업사, 1999

머리말 / 3

중세화의 의의에 대한 재인식 / 11
　　문제 제기 / 11
　　일본과 월남에서 본 중세화의 의의 / 13
　　한국의 불교와 러시아의 기독교 / 18
　　중세화 과업의 세계사적 의의 / 28
　　'중세화' 용어 정립의 과제 / 36

공동문어문학과 민족어문학의 기본관계 / 41
　　논의의 단서 / 41
　　공동문어의 성립 / 43
　　공동문어문명의 특성 / 49
　　양층언어의 구분과 그 분포 / 57
　　세계문학사 서술을 위한 기본 설계 / 63

한문학과 민족어문학 / 67
　　논의의 시각 / 67
　　한문문명권의 범위와 판도 / 69
　　한문학사의 전개 / 75
　　중국의 민족어문학 / 98
　　한국 · 월남 · 일본의 민족어문학 / 102
　　다른 여러 곳의 민족어문학 / 114
　　근대 이후의 상황 / 123

**산스크리트문학과 민족어문학 / 131**

전반적 양상 / 131

산스크리트문학사의 전개 / 134

중심부의 민족어문학 / 150

중간부의 민족어문학 / 167

주변부의 민족어문학 / 176

티베트의 경우 / 187

**팔리어문학과 민족어문학 / 197**

팔리어문명권의 성립 / 197

팔리어문학사의 전개 / 205

중간부의 민족어문학 / 212

주변부의 민족어문학 / 216

**아랍어문학과 민족어문학 / 227**

용어 사용과 지역 구분 / 227

아랍어문학사의 전개 / 230

중심부의 민족어문학 / 245

페르시아와 터키의 민족어문학 / 252

우르두어와 말레이어의 이슬람문학 / 281

사하라 이남 아프리카의 민족어문학 / 290

**그리스어문학과 민족어문학 / 309**

중세그리스어문명권의 위상 / 309

그리스어공동문어문학사의 전개 / 320

중심부의 민족어문학 / 332

중간부의 민족어문학 / 343

주변부의 민족어문학 / 349

러시아의 교회슬라브어문학과 러시아구어문학 / 353

# ■ 문명권의 동질성과 이질성 ■

지식산업사, 1999

머리말 / 3

**책봉체제 / 11**

    문제 제기 / 11

    근래의 연구 동향 / 15

    유교문명권 책봉체제 이해의 문제점 / 28

    힌두교·불교문명권의 '차크라바르틴' / 50

    이슬람문명권 '칼리파'의 책봉체제 / 62

    동·서기독교문명권의 책봉체제 / 79

    총괄비교론 / 99

    남은 말 / 107

**금석문 / 111**

    금석문 연구의 의의 / 111

    고대금석문 / 113

    고대에서 근대로의 이행기의 금석문 / 124

    중세의 산스크리트문명권 공동문어금석문 / 130

    중세의 한문문명권 공동문어금석문 / 142

    중세의 민족어금석문 / 174

    논의의 일반화 / 190

**역사서 / 195**

    역사와 문학의 상관관계 / 195

    유럽문명권의 기존업적을 넘어서서 / 199

최초의 역사 이해 / 204

사실기록의 역사서 등장 / 209

유럽의 역사서와 동아시아의 역사서 / 219

중세시기 역사서의 기본 특징 / 224

한문문명권의 공동문어역서서 / 227

산스크리트문명권과 팔리어문명권의 공동문어역사서 / 241

아랍어문명권의 공동문어역사서 / 251

라틴어문명권과 그리스어문명권의 공동문어역사서 / 265

동아시아의 민족어역사서 / 279

다른 여러 문명권의 민족어역사서 / 293

아이슬랜드의 민족어역사서 / 310

말레이의 민족어역사서 / 318

근대 이후의 상황 / 322

성자전 / 325

'聖者傳'의 개념 / 325

교조전과 성자전 / 328

기독교의 성자전 / 332

이슬람교의 성자전 / 345

힌두교의 성자전 / 355

불교의 고승전 / 363

유교와 도교의 경우 / 390

성자전 비교론 / 400

남은 논의 / 405

교술시 / 411

논의의 출발점 / 411

한국의 교술시 / 413

동아시아 다른 나라의 경우 / 421

산스크리트·팔리어문명권의 교술시 / 426

아랍어문명권의 교술시 / 441

# ■ 철학사와 문학사 둘인가 하나인가 ■

지식산업사, 2000

머리말 / 3

철학과 문학의 기본관계에 관한 서론 / 11
    영역끼리의 관계 / 11
    얽힘과 나누어짐 / 14
    무엇을 해야 하는가 / 22

세계철학사 서술의 문제점 / 25
    논의의 시각과 자료 / 25
    세계철학사의 기존업적 / 27
    세계문학사와 세계철학사 / 50
    어떻게 고쳐야 하는가 / 58

원시의 신화에서 고대의 철학으로 / 61
    구비철학 / 61
    동아시아철학 / 65
    남아시아철학 / 85
    유럽철학 / 101
    길이 하나인가 여럿인가 / 126

중세전기의 철학시 / 131
    자료 선택 / 131
    보에티우스 / 133
    나가르주나 / 141

義湘 / 161

산카라 / 194

남말바르 / 204

높이 올라가면 자랑스러운가 / 213

중세후기철학에 대한 시인의 대응 / 219

논의의 출발점 / 219

아퀴나스와 단테 / 228

가잘리와 아타르 / 252

라마누자와 카비르 / 280

朱熹와 鄭澈 / 311

합치면 갈라져야 하는가 / 351

중세에서 근대로의 이행기 철학에서 문학으로 / 367

검토의 범위와 대상 / 367

투카람과 마츠라브 / 370

모어와 라블레 / 386

蔡溫과 安藤昌益 / 396

洪大容과 朴趾源 / 408

볼테르와 디드로 / 418

氣철학과 계몽주의 / 439

과거가 미래일 수 있는가 / 446

근대를 넘어서는 철학과 문학의 새로운 관계 / 453

철학의 개념 재검토 / 453

철학의 위기 극복을 위한 토론 / 464

이성을 넘어서서 통찰로 / 476

새로운 학문이 시작되는가 / 492

# ■ 소설의 사회사 비교론 1·2·3 ■

지식산업사, 2001

**(1권)**

머리말 / 3

1. 논의의 시각 / 13
　　무엇이 문제인가 / 13
　　어디에 서는가 / 16
　　어디서 시작했는가 / 18
　　무엇을 할 수 있는가 / 22
　　어디로 나아갈 것인가 / 26
　　누가 할 일인가 / 32

2. 소설 이론의 쟁점 / 35
　　논의의 방향 / 35
　　나의 기존 작업 / 39
　　헤겔·루카치와의 토론 / 44
　　바흐찐의 이론 / 59
　　골드만의 소설론 / 68
　　유럽소설 형성에 관한 논란 / 76
　　근대로의 이행기소설에 대한 인식 / 87
　　논의의 확대와 심화 / 95
　　다시 해야 하는 작업 / 107

3. 소설 작품의 실상 / 113
　　과제와 자료 / 113

《사씨남정기》/ 115

《적과 흑》/ 136

《암소 바치기》/ 153

《울지 마라, 아이야》/ 170

비교 고찰 / 180

소설의 기본 특징 / 186

4. 소설의 형성 과정 / 191

소설을 지칭하는 용어의 내력 / 191

소설 형성의 일반적 과정 / 202

동아시아소설 / 213

유럽소설 / 231

아랍소설 / 252

남·동남아시아소설 / 268

아프리카소설 / 276

마무리 삼아 / 285

**(2권)**

5. 소설을 산출한 시대 / 9

논의의 방향 / 9

중세에서 근대로의 이행기의 기본성격 / 17

근대로의 이행기의 신분과 계급 / 23

유럽의 이행기 / 32

동아시아의 이행기 / 46

제3세계의 이행기 / 77

총괄검토 / 110

6. 소설의 생산·유통·소비 / 117

접근 방법 / 117

한국소설에서 얻는 단서 / 119

　　일본·중국·한국소설의 작가 / 127

　　동아시아소설의 유통과 소비 / 155

　　유럽소설까지 포괄하는 비교검토 / 187

　　제3세계소설의 경우 / 227

　　몇 마디 변명 / 245

7. 소설에서 문제된 신분과 계급 / 247

　　전반적 양상 / 247

　　한국소설에 문제된 귀족의 진퇴 / 251

　　일본소설에서 보여준 시민의 성패 / 256

　　중국소설에 나타난 귀족과 시민 / 262

　　한국소설에서 벌어진 귀족과 시민의 다툼 / 274

　　유럽소설의 귀족과 시민 / 290

　　프랑스소설의 시민사회 재검토 / 302

　　동아시아소설과 전통적 가부장의 종말 / 315

　　제3세계소설의 지식인과 민중 / 339

　　평가와 반성 / 363

(3권)

8. 소설에 나타난 남녀관계 / 9

　　논의의 출발점 / 9

　　동아시아의 일부다처소설 / 15

　　작품 세 사례 / 23

　　유럽소설에 나타난 남녀관계 / 48

　　유럽 근대로의 이행기소설의 남녀관계 / 58

　　유럽 근대소설의 남녀관계 / 78

　　제3세계소설에서 보여준 여성의 삶 / 90

　　인류역사의 전환과 관련해서 / 104

9. 소설에서 추구하는 의식각성 / 109
    독일의 교양소설 / 109
    유럽 교양소설의 새로운 경지 / 116
    제3세계에서 개척한 길 / 133
    식민지통치에 대한 인식과 항거 / 157
    투쟁을 넘어선 화합의 길 / 183
    다시 보기 / 201

10. 소설의 위기 극복 / 203
    세계소설사의 전개 양상 / 203
    서유럽소설의 위기 진단 / 207
    전문의의 진단 / 213
    이른바 신소설 이후의 문제 / 224
    러시아소설의 가능성과 좌절 / 237
    제3세계소설의 대안 / 246
    제3세계소설에 대한 평가 / 251
    마치는 말 / 262

# ■ 세계문학사의 전개 ■

지식산업사, 2002

머리말 / 5

0. 서장 / 13

1. 원시문학 / 23

2. 고대문학 / 35
    2.1. 신화와 서사시 / 35
    2.2. 금석문과 역사서 / 49
    2.3. 신앙시·사상시·서정시 / 58
    2.4. 사상 표현의 산문 / 69

3. 중세문학 / 79
    3.1. 공동문어의 시대 / 79
    3.2. 서정시에서 제시한 규범 / 89
    3.3. 중심부·중간부·주변부의 상관관계 / 109
    3.4. 서사시의 중세화 / 127
    3.5. 중세의 금석문·역사서·여행기 / 156
    3.6. 성자전의 양상 / 194
    3.7. 민족어 교술시의 위상 / 214

4. 중세에서 근대로의 이행기문학 / 233
    4.1. 사회사와 문학사 / 233
    4.2. 사고방식의 전환 / 238
    4.3. 공동문어시와 민족어시 / 246